KB053134

노래를 듣다가 네 생각이 나서

노래를 듣다가
네 생각이 나서

: 지금 나오는 노래가 내 얘기 같아

박한평 지음 · 김민경 그림

당신의 하루가 궁금해요

누구나 힘든 시기를 함께해줄 한 소절의 문장을 지니고 있습니다. 한참을 흥얼거리다 보면 언제 그랬냐는 듯이 내 마음에 위로를 선물하는 마법과 같은 가사 말이죠. 그 문장은 때로는 나 대신 울어주기도 하고, 누군가를 추억하게 하기도 하고, 내 이야기를 대신 전해주기도 하는 그런 노랫말이 됩니다. 누군가가 나와 같다는 것, 내 마음을 대변하는 글로 노래한다는 건 생각만으로도 참 애틋한 일이에요.

화려한 수식어로 감싸여 있지 않고 투박하더라도, 오롯이 내 마음이 기록된 문장을 만나는 건 즐거운 일이 분명해요. 범람하는 읽을거리와 글귀 속에서도 이 책에 기록된 글들이 흔들리는 당신과 함께 울고 웃어줄 수 있는 노랫말이 된다면 더할 나위 없는 기쁨이 될 거예요.

그래서 저는 당신의 하루가 궁금해요.

어떤 생각을 하면서 지냈는지, 혹시 눈앞에 펼쳐진 상황
들 때문에 불안하지는 않았는지, 어쩌면 마음을 준 것으
로부터 상처를 받지는 않았는지, 무엇을 사랑한 하루였
는지 말이지요.

당신의 오늘은 어땠나요?
이 노래가 참 좋아서 당신 생각이 났어요.

박한평

PLAYLIST

PART 2.

너를 생각나게 하는 노래가 있다

PART 3.

사람에게 상처받았을 때 듣는 노래가 있따

PART 1.

슬플 때 곁에 있어준 노래가 있다

♪ |< ▷ >| ⊏EQ

스스로에게 질문해 주세요

생각보다 많은 사람들이 스스로를 돌보는 일을 소홀히 하다가 마음의 병을 얻는다고 해요. 주변의 소음과 사람들의 목소리에는 빠르게 귀 기울이면서 내 안에서 울려 퍼지는 소리를 알아채는 것에는 심각하리만치 둔하기 때문이지요. 내가 정말 원하는 것이 무엇인지. 나는 언제 편하고, 어떤 상황을 불편해하는지. 딱 한 번만 질문해봐도 깨닫게 되는 것이 정말 많습니다. 어쩌면 우리는 자기 자신과 친해지지 못한 채 살아가고 있는지도 모르겠어요. 생각보다 스스로에 대해 모르는 게 많거든요. 질문해주세요. 오늘의 나는 무엇을 즐거워하고, 무엇을 힘들어하고 있는지.

생각보다 많은 사람들이
스스로를 돌보는 일을
소홀히 하다가
마음의 병을 얻는다고 했어
어쩌면 우리는
자기 자신과 친해지지 못한 채
살아가고 있는지도 모르겠다
- 연주중 -
질문해줘
오늘의 나는 무엇을 즐거워하고
힘들어하고 있는지 말이야

천천히 그리고 묵묵하게

마음속에 적당한 수준의 빈틈이 없으면 사소한 것에도 예민하게 반응하게 되고, 대수롭지 않게 넘길 수 있는 일에도 화를 내게 돼요. 마음에도 여백이 필요한 것이지요. 채우는 데에만 급급해져 비우는 일을 소홀히 하면 이렇게 여유가 없는 상황을 맞이하게 됩니다. 뜻대로 되는 일이 많지 않더라도 조급하게 행동할 필요는 없습니다. 할 수 있는 것을 하세요. 천천히 그리고 묵묵하게.

마음속에
적당한 수준의 빈틈이 없으면
사소한 것에도 예민하게 반응하게 되고
대수롭지 않게 넘길 수 있는 일에도
화를 내게 돼
마음에도 여백이 필요한 거야
- 연주중 -
할 수 있는 것을 해
천천히 그리고 묵묵하게

내일은 조금 더 멀리

지금 이대로 가도 괜찮은 걸까? 내가 정말 잘 해내고 있는 걸까? 이런 두려운 마음과 조급한 생각들이 나를 엄습할 때가 있어요. 결과가 만들어지기까지 상당한 시간이 걸린다는 건 알고 있지만, 과정이 만만치 않으니 중간중간 좌절하게 되는 순간이 너무 많은 것이죠. 상황이 이렇다 보니, 멀리 보고 일을 차근차근 진행하는 건 복에 겨운 소리라는 생각까지 들어요. 그저 오늘 하루를 충실하게 살아가는 것 말고는 방법이 없는 것 같습니다. 오늘 하루가 쌓여 어떤 결과를 만들어낼 수 있을지 아무도 모르지만, 어차피 내가 감당할 수 있는 건 고작 오늘 하루 수준이니까요. 그저 조금씩 나아지기만을 바랄 뿐입니다. 오늘보다 내일 더. 내일은 조금 더 멀리 볼 수 있게 되기를 바라며.

오늘 하루를
충실하게 살아가는 것 말고는
방법이 없는 것 같아
오늘 하루가 쌓여
어떤 결과를 만들어낼 수 있을지
아무도 모르지만
어차피 내가 감당할 수 있는 건
고작 오늘 하루 수준이니까
- 연주중 -
그저 조금씩 나아지기만을
바랄 뿐이야
내일은 조금 더
멀리 볼 수 있게 되기를 바라며

일탈이 필요한 이유

가끔씩 소소한 일탈이 필요한 순간이 있어요. 일상을 떠나 예상을 벗어난 행동을 하는 것이죠. 너무 오랜 시간 동안 변화가 없는 일상에 머물러 있으면 좋은 아이디어도 떠오르지 않고, 축축 처지게 되잖아요. 조금 심각한 경우 우울한 생각에 사로잡히거나 부정적인 태도를 가지게 되기도 하고요. 일탈이라는 것이 여행이 될 수도 있고, 게임이 될 수도 있겠죠. 나만의 탈출구를 만들어 두는 건 매우 중요한 작업입니다. 일상을 벗어날 줄도 알아야 일상에 더 충실할 수 있어요.

가끔씩 소소한 일탈이
필요한 순간이 있어
누군가에게는
여행이 될 수도 있고
게임이 될 수도 있겠지
나만의 탈출구를 만들어두는 건
매우 중요한 작업이야
- 연주중 -
일상을 벗어날 줄 알아야
일상에 더 충실할 수 있어

집착이 당신을 좀먹게 내버려두지 마세요

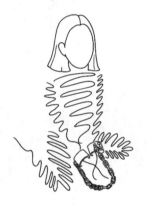

우리는 생각보다 쉽게 노예가 돼요.

처음엔 좋아서 추구하던 것들이

어느새 내 머리 위에 올라와

나를 지배하게 되기도 합니다.

누군가 나를 억지로 끌고 다니지 않아도,

어느새 묶인 채로 이리저리 따라다니게 되는 것이지요.

스스로가 이런 속성을 가지고 있다는 걸

이해하고 받아들이는 게 중요해요.

우리는 오늘 더 자유로워져야 할 필요가 있습니다.

집착이 우리를 좀먹게 내버려 두지 마세요.

나에게 인정받는 내가 되기를

이 세상에서 나를 가장 못 믿는 사람을 하나 꼽으라면 자신 있게 '나'를 꼽을 것 같아요. 하루에도 얼마나 많이 스스로를 배신하고 실망시키는지, 입으로 내뱉은 약속을 지켜내는 게 거의 없는 수준이니까요. 약속과 다짐을 수없이 많이 했지만, 나와의 약속을 기억하고 지켜내는 것만큼 어려운 일도 없습니다. 그래서 더욱 노력해야 하는 것 같아요. 최소한 나에게만큼은 인정받는 내가 되었으면 좋겠습니다.

약속과 다짐을
수없이 많이 했지만
나와의 약속을
기억하고 지켜내는 것만큼
어려운 일도 없어
- 연주중 -
그래서 더욱
노력해야 하는 거야
최소한 나에게만큼은
인정받는 내가 되기를

시간과 위로의 조각들

나를 위로할 수 있는 일을 하나하나 살펴보면 대단한 이
벤트 같은 건 없었습니다. 같이 있으면 편안함을 주는
친구와 수다를 떠는 일. 몸에 밸 정도로 진한 향을 풍기
는 커피를 마시는 일. 고양이의 이해할 수 없는 행동을
관찰하는 일. 선선한 밤바람을 맞으며 산책하는 일. 두
피에 땀이 나게 할 정도로 매운 음식을 먹는 일 같은 것
들이지요. 이렇듯 현실을 바꿔줄 수 있는 대안을 지닌
건 하나도 없었습니다. 하지만 이렇게 내 안에 채워진
소소한 위로가 눈앞의 문제를 해결할 수 있는 힘을 전해
줬어요. 어쩌면 우리의 무기는 어떤 대단한 의욕, 열정,
에너지, 아이디어와 같은 게 아니라 오롯이 나를 바라보
게 하는 시간과 위로의 조각들인지도 모르겠어요.

내 안에 채워진 소소한 위로가
눈앞의 문제를 해결할 수 있는
힘을 전해줬어
- 연주중 -
어쩌면 우리의 무기는
대단한 무언가가 아니라
오롯이 나를 바라보게 하는
시간과 위로의 조각들인지도

불길한 예감이 틀리지 않는 건

우리가 걱정하고 불안해하는 일들의 대부분은 실제로 발생하지 않은 일이거나 발생할 가능성이 매우 적은 일 이라는 이야기를 들은 적이 있어요. 아직 일어나지도 않 은 일에 대한 걱정으로 평정심을 잃어버리고, 그렇게 잔 뜩 흔들리고 나니 잘할 수 있었던 것도 제대로 하지 못 하게 되어 결국 '자신이 불안해했던 일'을 스스로 초래 하게 되는 것이지요. 불길한 예감이 틀리지 않는 건, 그 런 불길한 일이 생기는 방향으로 몸과 마음이 향하고 있기 때문 아닐까요? 걱정을 조금 내려놓고, 불안함을 털어냈으면 좋겠어요.

우리가 걱정하고
불안해하는 일들의 대부분은
실제로 발생하지 않은 일이거나
발생할 가능성이
매우 작은 일이라고 해
불길한 예감이 틀리지 않는 건
그런 불길한 일이 생기는 방향으로
몸과 마음이 향하고 있기 때문이 아닐까
- 연주중 -
오늘은 걱정을 조금 내려놓고
불안함을 털어냈으면 좋겠어

즐거움을 주는 일을 좇아가세요

방송인 노홍철 씨의 집 벽엔 'If it's not fun, why do it?'이라는 문구가 적혀있어요. 내가 무엇을 할 때 가장 즐거운지, 즐거움을 주는 그 일을 하기 위해 내가 지금 어떤 걸 해야 하는지 생각해보게 합니다. 나를 즐겁게 하는 것들을 많이 찾아내고, 그것들을 충분히 누릴수록 우리는 행복 가까이에 다가갈 수 있는 것 아닐까요? 즐거움을 주는 일을 좇아가세요. 그 무엇보다 '내가 하고 싶은 일'을 하면서 살 수 있게 되기를 바랍니다.

나를 즐겁게 하는 것들을
많이 찾아내고
그것들을 충분히 누릴수록
우리는 행복 가까이에
다가갈 수 있는 것 아닐까
- 연주중 -
즐거움을 주는 일을 좇아가
그 무엇보다
내가 하고 싶은 일을 하면서
살 수 있게 되기를 바라

EQ

소중한 것은 어쩌면 이미 내 안에

간절히 원하는 것일수록 저 멀리 어딘가 숨겨진 보물인 것처럼 대할 때가 있는 것 같아요. 진짜 소중한 것은 내 주변, 아니 어쩌면 이미 내 안에 존재하고 있을지도 모르는데 말이지요. 생각보다 많은 사람들이 강렬함을 지닌 운명을 찾아 헤매다가, 나를 가장 편안하게 하는 인연을 소홀히 대하는 실수를 하곤 해요. '나'를 가장 나답게 만드는 안정감을 놓치는 실수를 절대로 하지 않길 바랍니다. 다시는.

간절히 원하는 것일수록
저 멀리 어딘가 숨겨진 보물인 것처럼
대할 때가 있는 것 같아
진짜 소중한 것은
이미 내 안에 존재하고 있을지도
모르는데 말이야
- 연주중 -
나를 가장 나답게 만드는
안정감을 놓치는 실수를
절대로 하지 않길 바라

잘 해내고 싶은 마음이 커서

잘 해내고 싶은 마음이 커서 일을 망치는 경우가 있었어요. 경직된 상태로 일하다 보니 잔실수가 생기고, 마음의 부담 때문에 실수를 용납할 수가 없게 된 것이죠. 실수야 언제든 발생하기 마련인데, 멘탈이 흔들려 버리니까 그 실수 이후에 다시 궤도에 오르는 데까지 너무 많은 시간이 소요되더라고요. 과정 하나하나마다 인정받으려고 애쓰고, 주변의 시선을 의식하다 보니 하루도 편안할 날이 없었어요. 돌이켜보면 분명 잘할 수 있는 일이었거든요. 잘 해내야 한다는 부담에서 벗어나 차근차근 해내는 것이 중요하다는 것을 깨닫는 계기가 되었습니다.

잘 해내고 싶은 마음이 커서
일을 망치는 경우가 있었어
경직된 상태로 일하다 보니
잔실수가 생기고
마음의 부담 때문에
실수를 용납할 수가 없게 된 거야
- 연주중 -
잘 해내야 한다는 부담에서 벗어나
차근차근 해내는 것이 중요해

버려지는 것은 없습니다

돌이켜보면, 그 당시 나를 굉장히 괴롭혔던 일도 다 경험이 되어 남아있는 것 같아요. 실패라는 경험으로요. 어떤 형태가 됐든 버려지는 것은 없습니다. 그러니 순간의 상심에 너무 몰입되지 않는 태도가 필요한 것 같아요. 시행은 착오가 있기 마련이고, 재시도는 더 높은 곳으로 뛸 수 있게 합니다. 분명 다음엔 더 잘할 수 있게 도와주는 발판이 될 거예요.

순간의 상심에
너무 몰입되지 않는 태도가
필요한 것 같아
시행은 착오가 있기 마련이고
재시도는 더 높은 곳으로
뛸 수 있게 해줄 거야
- 연주중 -

분명 다음엔
더 잘할 수 있게 도와주는
발판이 될 거야

조금씩 내려놓는 연습

양손 가득 무언가를 쥔 채로는 아무것도 손에 쥘 수가 없습니다. 눈앞에 더 좋은 것이 있어도 움켜쥘 수 있는 여유가 없다면 내 것으로 만들 수가 없는 것이지요. 행복이 그렇고, 즐거움이 그렇습니다. 이렇게 매번 '어쩔 수 없는 상황'에 치여 살아가다 보면 소중한 것들을 놓치게 돼요. 친구들과의 추억을 쌓는 일, 사랑하는 사람과 시간을 보내는 일, 자녀들이 자라는 것을 보는 일 등에 소홀해지는 것이지요. 그렇기 때문에 우리는 지금 놓으면 큰일 날 것 같아서 움켜쥐고 있는 것들을 조금씩 내려놓는 연습을 해야 합니다. 바쁘고 힘들수록 더욱 그래야만 해요.

양손 가득 무언가를 쥔 채로는
아무것도 손에 쥘 수가 없어
눈앞에 더 좋은 것이 있어도
움켜쥘 수 있는 여유가 없다면
내 것으로 만들 수가 없는 거야
행복이 그렇고
즐거움이 그래
- 연주중 -
지금 놓으면 큰일 날 것 같아서
움켜쥐고 있는 것들을
조금씩 내려놓는 연습을 해야 해
바쁘고 힘들수록 더욱 그래야만 해

나는 이 정도밖에 안 되는 사람입니다

나에게 의미를 가진 것들에 주목하기에도 바쁜 요즘입니다. 내 교양이 그리 넓지 않고, 내 관심사가 그리 깊지 않다는 걸 깨닫는 건 좋은 발견의 순간이었던 거 같아요. 나는 이 정도밖에 안 되는 사람입니다. 멀리 보지도 못하고 미리 준비하는 것도 잘 못해요. 그저 내 눈앞에 있는 소중한 사람들을 챙기고, 의미 있는 것들에 애정을 쏟을 뿐입니다. 어차피 할 수 있는 것도 할 줄 아는 것도 이것밖에 없어서요. 이게 제 삶의 방식입니다.

나는 이 정도밖에
안 되는 사람이야
멀리 보지도 못하고
미리 준비하는 것도
잘 못해
- 연주중 -
그저 내 눈앞에 있는
소중한 사람들을 챙기고
의미 있는 것들에
애정을 쏟을 뿐이야
이게 내 삶의 방식인걸

일상에 변화가 필요해요

복잡한 문제를 해결하고, 프로젝트를 잘 진행하는 게 실력이라고 생각한 적이 있었습니다. 요 몇 년은 오로지 문제를 해결하는 것에만 모든 에너지를 쏟으며 살아왔던 것 같아요. 그런데 요즘은 단순한 일이 하고 싶다는 생각이 많이 들어요. 같은 행위를 반복을 하거나 고민을 덜 할 수 있는 그런 일이요. 낮은 강도의 노동이 포함된 일도 좋을 것 같고요. 사용설명서가 있는 무언가를 제작하거나 조립하는 일도 괜찮을 것 같아요. 누군가를 만족시키거나 맨땅에 헤딩하는 느낌이 아닌, 과정이 힐링이 되는 그런 일을 찾고 있어요. 이렇게 스트레스가 심한 상황에서는 단순한 활동을 추가하는 것만으로도 재충전이 되나 봐요. 크든 작든 일상에 변화가 필요한 시점입니다.

요즘은 단순한 일이
하고 싶다는 생각이 많이 들어
같은 행위를 반복을 하거나
고민을 덜 할 수 있는 그런 일
누군가를 만족시키거나
맨땅에 헤딩하는 느낌이 아닌
과정이 힐링이 되는
그런 일을 찾고 있어
- 연주중 -
크든 작든
일상에 변화가 필요한
시점이야

나를 찾아가는 여정

이리저리 주어진 기준에 나를 맞추다 보니 이도 저도 아닌 모습이 된 나를 발견해요. 아무도 강요하지 않았지만 따를 수밖에 없었던, 싫다고 이야기하고 싶었지만 명확한 의사를 표현하기 어려웠던 순간이 참 많았습니다. 많이 늦었지만 지금이라도 '나'를 찾아가는 여정을 시작해보려고 해요. 이제는 내 취향대로 마음껏 질러보려고요. 철저하게 내 기호에 맞는 것들을 선택해보려고 합니다. 내가 원하는 걸 내가 말하지 않으면 아무도 나에게 던져주지 않으니까요. 오늘은 내가 가장 좋아하는 것들로만 가득 채운 시간을 가질 거예요. 나도 이 정도는 누려도 되잖아요.

이리저리 주어진 기준에
나를 맞추다 보니
이도 저도 아닌 모습이 된
나를 발견해
많이 늦었지만 지금이라도
나를 찾아가는 여정을
시작해보려고 해
- 연주중 -

오늘은
내가 가장 좋아하는 것들로만
가득 채운 시간을 가질 거야

어른이 되어간다는 건

돌이켜보면 항상 내가 아끼던 것들로 인해 더 큰 상처를 받곤 했어요. 사실 그 사람이, 물건이, 상황들이 나에게 사랑해달라고 한 적이 없었음에도 나 혼자 흔들려놓고는 말이죠. 같은 실수를 반복하면서도 적당히 주거나, 적절한 수준으로 마음을 나누어주는 일에 서툴러서 매번 힘든 상황에 놓였던 거 같아요. 스스로의 선택에 따른 결과가 어쩜 그렇게 아픈지. 차라리 누가 시켜서 그랬다면 원망이라도 속 시원히 할 텐데. 어른이 되어간다는 건, 더 많은 것들을 이해하고 사랑할 수 있게 되는 것이 아니라 내 마음이 부어져야 할 곳을 정확히 알아가는 과정이 아닐까요? 나는 오늘도 모든 상황과 사람을 사랑할 수 없음을 인정하면서 한 움큼 더 어른이 되었습니다.

돌이켜보면
항상 내가 아끼던 것들로 인해
더 큰 상처를 받곤 했어
- 연주 중 -
어른이 되어간다는 건
더 많은 것들을 이해하고
사랑할 수 있게 되는 것이 아니라
내 마음이 부어져야 할 곳을
정확히 알아가는 과정이 아닐까

내 감정에 솔직해진다는 건

마지막으로 울었던 때가 언제인지 기억나질 않아요. 억지로 참았던 순간은 여러 번 있었어요. 답답하고 억울해서, 서운하고 슬퍼서 말이지요. 사람들 앞에서 연약한 모습을 보이고 싶지 않았기 때문일까요. 내 감정에 솔직해지는 거, 그거 하나가 이렇게 어려워요. 한 번은 아주 슬픈 영화를 일부러 찾아 보기도 했어요. 그렇게 한참 울고 나니까 좀 나아지더라고요. 힘들었던 상황이 해결된 건 아닌데, 마치 이제는 잘 해낼 수 있을 것 같은 그런 기분 있잖아요. 어쩌면 내 마음에 쌓인 것조차 해결하지 못하면서 주변의 문제들만 잔뜩 쌓아놓고 한숨을 쉬고 있었는지도 모르겠어요. 오늘은 자기 자신의 감정에 한 번 솔직해져 보는 건 어떨까요.

마지막으로 울었던 때가
언제인지 기억나질 않아
내 감정에 솔직해지는 거
그거 하나가 이렇게 어려워
어쩌면 내 마음에 쌓인 것조차
해결하지 못하면서
주변의 문제들만 잔뜩 쌓아놓고
한숨을 쉬고 있었던 걸까
- 연주 중 -
오늘은 자기 자신의 감정에
한 번 솔직해져 보는 건 어떨까

자신을 조금 더 믿어주세요

불안이 가져다주는 것들은 대부분 안 좋은 것들이지만, 그중에 가장 안 좋은 건 집착입니다. 불안이 심해지면 주변 사람들에게 집착하게 되고, 눈앞의 상황에 휘둘리게 되거든요. 불안하면 집착하고, 집착하면 또 불안해집니다. 집착이라는 게 아주 가끔은 굉장한 결과물을 만드는 원동력이 될 때도 있지만, 대부분의 경우 본인과 주변 사람들을 피곤하게 만듭니다. 집착하기 시작하면 적당한 수준의 결과물을 보더라도 만족을 못 해요. 그렇게 자신과 주변을 한참 채찍질하는 거예요. 이곳저곳 잔뜩 상처가 난 것도 모른 채로요. 그래서 우리는 이런 집착에서 벗어나기 위해 불안한 마음을 먼저 해결해야 합니다. 자기 자신을 조금 더 믿어주세요. 잘할 수 있도록 응원해주시고요.

불안이 가져다주는 것들은
대부분 안 좋은 것들이지만
그중에 가장 안 좋은 건 집착이야
우리는 이런 집착에서
벗어나기 위해
불안한 마음을 먼저 해결해야 해
- 연주중 -
자기 자신을 조금 더 믿어줘
잘할 수 있도록 응원해줘

어차피 오늘 말고는

영화평론가 이동진 씨의 블로그 머리말에는 '하루하루는 성실하게, 인생 전체는 되는 대로.'라는 문구가 적혀 있어요. 한동안 '아, 나도 그렇게 살아야지.'라며 마음속에 담아두었던 문장입니다. 오늘을 어떻게 살아갈 것인지 결정하는 게 가장 중요해요. 어차피 오늘 말고는 과거를 돌아보거나 먼 미래를 내다볼 여유 같은 건 없잖아요. 나에게 주어진 시간에 성실하기로 결정하는 순간, 많은 장애물들을 넘어갈 수 있을 거예요.

오늘을 어떻게 살아갈 것인지
결정하는 게 가장 중요해
어차피 오늘 말고는
과거를 돌아보거나
먼 미래를 내다볼 여유 같은 건 없잖아
- 연주 중 -
나에게 주어진 시간에
성실하기로 결정하는 순간
많은 장애물들을 넘어갈 수 있을 거야

머리가 복잡하다면

생각이 많아질수록 그 생각의 시작과 끝을 정의할 수 있는 행동을 습관화하는 게 좋아요. 예를 들면 샤워를 한다든지, 산책을 한다든지, 음악을 듣는다든지 말이죠. 생각이라는 게 끝이 분명하질 않아서 꼬리에 꼬리를 물다 보면 어느새 잡생각을 하고 있는 자신을 발견하게 되거든요. 그렇기 때문에 자기 자신과 소소한 약속을 하는 게 필요합니다. '오늘은 딱 이만큼만 걷고, 이렇게 걷는 동안만 이 주제에 대해서 생각해야지.' 등과 같은 형태로 말이죠. 생각의 확장을 위해 의도적으로 범위를 제한하는 것입니다. 생각할 일이 많거나 일상이 복잡할 때 사용하면 도움을 받을 수 있을 거예요.

우리 오늘은
딱 이만큼만 걷고
그 시간 동안만 생각하기로 해
- 연주중 -
생각의 무한한 확장을 위해
테두리를 정해보는 거야
생각할 일이 많거나
일상이 복잡하다면
꼭 그렇게 해

오늘 또 해내는 힘

무엇이 됐든 계속 반복하는 습관이 필요해요. 그 지난한 과정을 거치고 나면 어느새 이루어진 것이 있을 겁니다. 할 줄 아는 것, 해봤던 것, 해야 하는 것을 오늘 또 해내는 힘. 이 반복의 능력 안에 생각보다 큰 비밀이 숨겨져 있어요. 의외로 계속 반복하는 것을 못하는 사람이 많거든요. 매번 새로운 문제를 해결하는 게 전부가 아닌 것입니다. 화려하지 않다고 실망하지 마세요. 계속 해내는 것, 그게 지금 하는 일을 가장 잘하게 만들어주는 비법입니다.

무엇이 됐든
계속 반복해내는 게 필요해
그 지난한 과정을 거치고 나면
어느새 이루어진 것이 있을 거야
- 연주중 -
화려하지 않다고 실망하지 마
계속 해내는 것
그게 지금 하는 일을 가장 잘하게
만들어주는 비법이니까

결정을 후회하더라도

누구나 어리석은 선택을 해요. 모든 경우의 수를 고려한 최선의 결정을 해도 의도치 않은 결말을 맞이할 수 있어요. 조금 더 노골적으로 표현하면, 사실 내 뜻대로 되는 일이 거의 없다고 보는 게 정확한 표현일지도 모르겠어요. 그럼에도 저는 또 선택을 합니다. 눈앞에 있는 기회와 시간을 놓치지 않기 위해서 말이지요. 다른 건 몰라도 머뭇거리다가 놓쳐버리는 일은 없었으면 좋겠어요. 그렇게 낭비하고 싶지는 않습니다. 지금 이 결정이 후회를 가져올 게 분명하더라도 말이지요.

누구나 어리석은 선택을 해
그럼에도 나는 또 선택을 하겠지
- 연주중 -
다른 건 몰라도
머뭇거리다가 놓쳐버리는 일은
없었으면 좋겠어
그렇게 낭비하고 싶지는 않아
지금 이 결정이 후회를 가져올 게
분명하더라도 말이야

믿고 나아갈 것

'수많은 역경을 이겨내고 꿈을 이룬다.' 성장형 스토리에서 가장 일반적으로 만날 수 있는 흐름이에요. 그 역경의 형태는 악당의 등장 같은 외적인 요소일 때도 있고, 정체성 혼란처럼 내적인 요소일 때도 있습니다. 그 고난 앞에서 주인공들은 누군가의 도움을 받아 새로운 능력을 각성하거나, 자신 안에 숨겨져 있던 힘을 발견하면서 이겨내곤 합니다. 어떤 형태의 도움이 됐든 자기 자신을 믿고 나아가는 게 중요해요. 그 믿음이 없다면 자기 자신에게 동기를 부여할 수 없기 때문이지요. 눈앞에 벌어진 상황 앞에서 자신을 믿고 나아가는 것, 이게 문제 해결의 시작입니다.

자기 자신을
믿고 나아가는 게 중요해
그 믿음이 없다면 자기 자신에게
동기를 부여할 수 없기 때문이야
- 연주 중 -
눈앞에 벌어진 상황 앞에서
자신을 믿고 나아가는 것
이게 문제 해결의 시작이야

간절히 원하는 게 있다면

간절히 원하는 게 있음에도 노력을 게을리하는 사람들이 있어요. 그것들을 손에 쥐기 위한 노력은 없으면서 갖지 못한다는 불평과 함께 상황 탓, 남 탓, 자신 탓만 하고 있는 것이지요. 이런 사람들은 자신이 행복하지 않은 상태라고 말하며 노력과 시간을 투자하는 것에 인색한 태도를 가지고 있을 가능성이 큽니다. 갖고 싶은 게 있다면 감당해야 할 것들이 있어요. 책임이 됐든 노력이 됐든 인내의 시간과 과정이 필요합니다. 세상에 거저 주어지는 것은 없어요.

갖고 싶은 게 있다면
감당해야 할 것들이 있어
책임이 됐든 노력이 됐든
인내의 시간과 과정이 필요해
- 연주 중 -

세상에
거저 주어지는 것은 없으니까

무얼 원하는지 몰랐기 때문에

나 자신과 친하게 지내는 게 어렵다는 생각이 들었어요. 내 안에 있는 나의 진짜 모습을 마주하는 게 두려워 한참을 도망친 것도 사실이고요. 다른 사람들에게 보이는 모습에 집착하다 보니 내가 진짜 원하는 게 무엇이었는지 질문할 기회조차 가지지 못했습니다. 거칠게 펼쳐지는 상황을 넉넉하게 바라보지 못한 것도 어쩌면 내 마음이 무얼 원하는지 몰랐기 때문이 아니었을까요? 겉만 닦다가 가장 깊숙한 곳에 곰팡이가 피는 일은 없어야겠습니다. 이제는 나를 향하는 따뜻한 볕이 필요한 거 같아요. 무엇보다 그곳까지 온기를 보낼 수 있는 건 나밖에 없기도 하고요. 나를 사랑해야 나를 둘러싼 것들도 진짜 사랑할 수 있게 됩니다.

겉만 닦다가 가장 깊숙한 곳에
곰팡이가 피는 일은 없어야 해
이제는 나를 향하는
따뜻한 볕이 필요한 거 같아
- 연주중 -
나를 사랑해야
나를 둘러싼 것들도
진심을 다해 사랑할 수 있거든

내 노력의 편이 되기로 했다

저 정말 열심히 했거든요. 엄청나게 노력했는데도 결과
가 나를 배신할 때가 있더라고요. 솔직히 제가 봐도 결
과는 아쉬웠어요. 내 안에서 만들어낼 수 있는 건 이게
최선인데, 객관적인 시선으로 봐도 노력을 보상받을 수
있는 수준의 것이 나와주질 않았어요. 당연히 세상은
내 노력에는 관심이 없었고요. 인정하고 싶지 않아도 결
과가 전부니까. 그런데 축 처진 제 어깨를 본 친구의 한
마디가 저를 다시 일으켜 세웠어요. "그래도 네가 만든
거잖아. 너마저 끌어안아주지 않으면 어떻게 해. 있는 그
대로 안아줘." 눈물이 핑 돌더라고요. 저는 제 노력의 편
이 되기로 결정했습니다. 누가 뭐래도 내 노력을 배신하
지는 않기로 다짐해요.

친구의 한마디가
나를 다시 일으켜 세웠어
그래도 네가 만든 거잖아
너마저 끌어안아주지 않으면 어떻게 해
있는 그대로 안아줘
눈물이 핑 돌더라
- 연주중 -
내 노력의 편이 되기로
결정했어
누가 뭐래도 내 노력을
배신하지는 않기로 다짐할 거야

감정에 충실한 시간

요즘 새로운 습관이 생겼어요. 내 생각과 감정을 가감 없이 기록해보기로 했습니다. 방식이 복잡하진 않아요. 때로는 일기가 되기도 하고 편지가 되기도 합니다. 이렇게 솔직한 글을 잔뜩 적고 나니, 어렸을 적 일기를 쓰던 기억이 났어요. 포도알 스티커를 받기 위해, 누군가에게 검사를 받기 위해 일상을 기록하던 때도 있었습니다. 겉으로 보이는 형태는 비슷하지만 질적으로 꽤 큰 차이가 나요. 듣는 대상이 없는 상황이지만, 속마음을 꺼내놓는 것만으로도 생각보다 많은 상처가 아물어가는 걸 느끼게 됩니다. 거창하지 않아도 괜찮아요. 오늘은 나 자신의 감정에 충실한 시간을 한번 가져보는 게 어떨까요?

속마음을 꺼내놓는 것만으로도
생각보다 많은 상처가
아물어가는 걸 느끼게 되더라
- 연주중 -
거창하지 않아도 괜찮아
오늘은 스스로의 감정에 충실한 시간을
한번 가져보는 게 어떨까

네 잘못이 아니야

언젠가 "네 잘못이 아니야.", "네 탓이 아니야."라는 말을 들고 깜짝 놀랐던 기억이 나요. 나를 둘러싼 문제가 발생하면 어김없이 그 원인을 내 안에서 찾으려고 온갖 노력을 다했거든요. 어느 때에는 없는 이유까지 만들어내서 나 자신을 궁지로 몰아넣은 적도 여러 번 있었습니다. 문제가 나한테 있다고 정리하는 게 오히려 쉽게 느껴졌거든요. 복잡하지도 않은 그 한 문장에 내가 눈물을 흘리게 될 줄 누가 알았겠어요. 참아왔던 감정을 한 번에 쏟아내니 후련하더라고요. 나도 모르는 사이에 내가 많이 힘들었나 봐요. 다른 사람은 몰라도 나만큼은 나를 챙겨야 할 것 같아요. 오늘은 나랑 친해지기로 결심한 날입니다.

복잡하지도 않은 단순한 위로에
내가 눈물을 흘리게 될 줄
누가 알았겠어
참아왔던 감정을
한 번에 쏟아내니 후련하더라
- 연주중 -
나도 모르는 사이에
내가 많이 힘들었나 봐
다른 사람은 몰라도
나만큼은 나를 챙겨야 할 것 같아
오늘은 나랑 친해지기로 결심한 날이야

온통 혼란이었던 시절에

잘할 자신도 있고, 열심히 하고 싶은 마음도 있는데 어디로 뛰어야 하는지 방향을 몰라서 온통 혼란이었던 시기가 있었어요. 주변 친구들은 멋지게 자기 인생을 설계하면서 살아가는 것 같은데, 당장 사회에 나가려니 내가 하고 싶은 게 무엇인지, 잘할 수 있는 게 무엇이 있는지 전혀 모르겠더라고요. 갑자기 바보가 된 것 같고, 얼마나 불안했는지 말도 못 해요. 티베트 속담 중에 '걱정을 해서 걱정이 없어지면 걱정이 없겠네.'라는 말이 있거든요. 불확실한 미래에 대해서 걱정만 하고 있기엔 너무 아까우니까, 걱정하는 시간을 줄여나가도록 해요. 불안을 다루는 연습을 한다고 생각하고요. 잘 해낼 수 있을 거예요.

잘할 자신도 있고
열심히 하고 싶은 마음도 있는데
어디로 뛰어야 하는지 방향을 몰라서
온통 혼란이었던 시기가 있었어
- 연주중 -
불확실한 미래에 대해서
걱정만 하고 있기엔 너무 아까우니까
걱정하는 시간을 줄여나가도록 해
잘 해낼 수 있을 거야

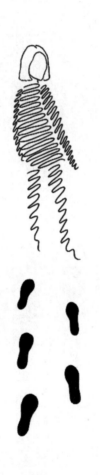

우리는 앞으로 나아가야 해요

돌이켜보면 항상 후회가 돼요.
문제는 우리가 후회에 사로잡히는 순간,
해야 할 일에 집중을 못하게 된다는 것입니다.
악순환이 시작되는 것이지요.
후회하다가 눈앞에 있는 일을 망치고,
그 일로 인해 또 후회가 시작됩니다.
모든 건 크고 작은 흔적을 남기지만,
후회는 좋은 걸 남겨두지 않습니다.
모든 걸 망가뜨릴 뿐이지요.
뒤는 잠깐만 봐도 부족하지 않아요.
넘어진 곳에서 필요한 것들만
빠르게 집어 들고 앞으로 나아가야 합니다.
머뭇거리기 아까운 인생이니까요.

여전히 나한테 솔직할 뿐

"너는 너무 감정적이야." 싸움의 끝에서 항상 저에게 꼬리말처럼 따라붙는 말이에요. 이성적이고 논리적인 시선으로 바라보지 못한다며 이 상황의 원인 제공은 저의 감정에 있다는 낙인이 담긴 말이지요. 한때는 '정말 그런가?'라는 생각에 사로잡혀 내 감정을 탓하는 일이 많았어요. 그런데 말이죠. 감정이라는 게 억누르려고 할수록 더욱 다스려지지 않는 그런 것이더라고요. 질문이 질문을 낳는 상황이 지속됐어요. 정말 내 감정이 모든 문제의 원인인 걸까? 지금 느끼는 이 기분이 모든 상황을 악화시키고 있는 건가? 한참을 생각해봐도 역시 답은 없더라고요. 나는 여전히 나한테 솔직할 뿐이고, 이 마음이 억지로 작은 상자에 담기지 않기만을 바랄 뿐입니다. 저한텐 이게 전부거든요.

정말 내 감정이
모든 문제의 원인인 걸까
지금 느끼는 이 기분이
모든 상황을 악화시키고 있는 건가
한참을 생각해봐도
역시 답은 없더라
나는 여전히 나한테 솔직할 뿐
- 연주중 -
이 마음이 억지로
작은 상자에 담기지 않기만을
바랄 거야
나한텐 이게 전부거든

나를 덮치는 불안을 해결하고 싶어서

긴 밤, 나를 덮치는 불안을 해결하고 싶어서 그렇게 안간힘을 썼습니다. 내 앞에 펼쳐진 모든 상황에 대해서 항상 이성적으로 생각해야 한다고 채찍질을 해댔지만, 결과적으로 보면 언제나 지독할 정도로 충동적이었어요. 한참을 자책하다가 애초에 인생이 계획대로 되는 게 아님을 인정하는 순간이 되어서야 선명하게 남아있는 상처들을 돌아보게 되었습니다. 이제는 방치하지 말아야겠어요. 나를 돌보는 건 오롯이 나의 몫이니까. 오늘은 나에게 가장 편안한 옷을 선물하고, 형태를 갖지 않는 자유로운 생각 속에 나를 흘려보내기로 합니다. 적어도 오늘만큼은 나를 좀먹는 불안감에 사로잡히지 않을 수 있도록.

긴 밤, 나를 덮치는 불안을
해결하고 싶어서
그렇게 안간힘을 썼어
한참을 자책하다가
인생이 계획대로 되는 게 아님을
인정하는 순간이 되어서야
선명하게 남아있는 상처들을
돌아보게 되었어
- 연주중 -
이제는 방치하지 않을 거야
나를 돌보는 건
오롯이 나의 몫이니까

자신을 너무 몰아붙이지 마세요

무언가를 이루려면 꼭 필요한 것이 두 가지가 있어요. 그것은 바로 의지와 시간입니다. 의지는 있으나 시간이 없다면 원하는 만큼 해낼 수 있는 여유가 없고, 시간이 있으나 의지가 없다면 그 일을 끝까지 해낼 수 있는 동력이 없는 것이지요. 하지만 이 두 가지 요소를 동시에 갖추기는 어려운 일입니다. 보통은 한 가지가 모자란 형태로 시작하게 되거든요. 의지가 없다고 자기 자신을 너무 몰아붙이진 마세요. 시간도 충분히 주어져야 잘 해낼 수 있습니다. 조급하면 잘할 수 있는 것도 잘 해낼 수가 없으니까 스스로에게 용기와 여유를 주세요.

의지가 없다고
자기 자신을 너무 몰아붙이진 마
시간도 충분히 주어져야
잘 해낼 수 있는 거야
- 연주중 -
조급하면
잘할 수 있는 것도
잘 해낼 수가 없으니까
스스로에게 용기와 여유를 줘

잘 할 수 있어요

지금 하고 있는 그 일, 왜 하고 있는지 생각해본 적 있나요? 무엇을 얻기 위해 노력하고 있는지 고민해본 적 있나요? 언제까지 이 일을 계속해야 하는지 몰라서 흔들린 적 있나요? 이런저런 고민만 잔뜩 하다가 정해진 기한 내에 결과물을 완성하지 못하고 포기했던 적 있나요? 그럴 때일수록 우리는 '지금 할 수 있는 일'을 하나씩 해나가는 것에 집중해야 합니다. 이리저리 갈등하는 사이에 흘러가는 시간의 양이 너무 많아요. 고민은 충분히 하되, 그 과정 안에서도 순간순간 최선을 다하면서 앞으로 나아가야 합니다. 잘 할 수 있어요. 해낼 수 있고요.

고민은 충분히 하되
그 과정 안에서도
순간순간 최선을 다하면서
앞으로 나아가야 해
- 연주중 -
잘 할 수 있고
해낼 수 있어

내가 이렇게 힘든 이유

내가 이렇게 힘든 이유가 어디에 있는지 한참을 생각해 보다가 한 가지 결론에 도달했어요. 내가 계획한 대로 모든 상황을 통제하고 결과를 만들어내기 위해 나 자신을 일그러뜨리고 있었던 것입니다. 완벽주의 성향을 가지고 있던 터라 이 부분의 문제는 더욱 크게 다가왔어요. 사실 사람 일이라는 게 뜻대로 안되는 게 더 많은 법인데 말이죠. 이거 하나를 받아들이지 못해서 이렇게 경직된 상황을 만들어버렸어요. 한 발자국만 떨어져서 보면 이렇게 간단한 것임에도.

사람 일이라는 게
뜻대로 안되는 게 더 많은데
이거 하나를
받아들이지 못해서
이렇게 경직된 상황을
만들어버렸어
- 연주중 -
한 발자국만 떨어져서 보면
이렇게 간단한 것인데

불안하고 걱정이 많은 때엔

최근엔 주기적으로 혼자만의 시간을 가지고 있어요. 특히 저한테는 이 시간이 꼭 필요하더라고요. 그 시간 안에서만 얻을 수 있는 것들이 존재하기 때문이지요. 아무도 방해하지 않는 그 시간 안에서 스스로에게 다양한 질문을 던질 수 있습니다. 많은 사람들이 자기가 원하는 것이 무엇인지도 모른 채 열심히만 살려고 하잖아요. 다른 사람이 원하는 모습이 아니라 내가 정말 원하는 건 어떤 모습인지, 내가 어떤 영역에서 포기하지 않고 노력해야 하는지. 그 답은 스스로 찾아내지 않으면 아무도 알려줄 수가 없어요. 특히 지금이 불안하고, 걱정이 많은 때라면 더욱 나와의 시간을 가져볼 필요가 있습니다.

혼자만의 시간을 가져
이 시간 안에서만
얻을 수 있는 것들이
존재하기 때문이야
아무도 방해하지 않는
그 시간 안에서
스스로에게 다양한 질문을
던질 수 있을 거야
- 연주중 -
특히 지금이 불안하고
유독 걱정이 많은 때라면
더욱 나와의 시간을
가져볼 필요가 있어

어둠 속에 있어야만 볼 수 있는 것들

전쟁같이 치열한 하루를 보내고 집으로 돌아오면 기다렸다는 듯 어두움이 나를 감쌉니다. 한동안 내 방을 감싸는 그 적막이 싫어서 어떻게든 소음을 만들기 위해 애를 썼던 기억이 나요. 의미 없는 영화를 틀어놓기도 하고, 감상의 목적을 잃어버린 채 음악을 재생시키기도 했습니다. 조용한 상황이 두려워서 의미 없는 행동을 한다는 게 어리석게 느껴질 때 즈음, 주변을 정리하고 가만히 있는 게 좋겠다는 생각이 들더라고요. 나에게 주어진 공간과 흘러가는 시간 속에 여백이 있다는 것을 인정하게 된 것입니다. 오랫동안 어둠 속에 있어야만 볼 수 있는 것들이 있더라고요. 게다가 제법 좋은 친구가 되기도 합니다. 밖은 여전히 너무 시끄럽고, 마음속에 담긴 소리를 알아채기 어려우니까요.

전쟁같이 치열한 하루를 보내고
집으로 돌아오면 기다렸다는 듯
어두움이 나를 감싸
- 연주 중 -
오랫동안 어둠 속에 있어야만
볼 수 있는 것들이 있더라
게다가 제법 좋은 친구가 되기도 해
밖은 여전히 너무 시끄럽고
마음속에 담긴 소리를
알아채기 어려우니까

잘 자요 오늘은 꼭

수면의 질이 중요하다는 것을 느끼고 있어요. 일상이 어수선하고, 힘들게 느껴지는 상황이 반복된다면 이 악순환을 끊어내기 위해서라도 잠을 잘 자야 합니다. 이건 그저 상황을 덮어두고 도피하라는 말과는 조금 달라요. 그럴 때일수록 가장 편안한 상태로 푹 자야 회복된 컨디션으로 모든 것을 대할 수 있습니다. 사람이든 일이든 말이지요. 고민이 깊어질수록 새벽에 소비하는 시간을 줄이는 것이 항상 숙제입니다. 잘 자요, 오늘은 꼭.

고민이 깊어질수록
새벽에 소비하는 시간을
줄이는 게 항상 숙제야
- 연주중 -
잘 자
오늘은 꼭

얼마나 더 가야 이 길 끝에 서서

여러 형태의 사람과 관계를 맺고, 다양한 상황을 맞이하고 있습니다. 때로는 한참의 시간이 지난 후에야 진정한 의미를 깨닫게 되는 경우도 있었고요. 크고 작은 일에 대해 자의든 타의든 직접 결정을 하고, 그 선택에 대해 스스로 책임을 지는 연습을 하고 있습니다. 그렇게 삶의 조각을 하나씩 쌓아 올려 천천히 올라가고 있어요. 얼마나 더 가야 이 길의 끝에 서서 시원하게 불어오는 바람을 오롯이 즐길 수 있을까요? 언젠가 조금 더 수월하게 저 멀리 펼쳐진 풍경을 볼 수 있게 되기를 소망합니다. 당신과 내가 한 뼘 더 성장한 그곳에서 말이지요.

얼마나 더 가야
이 길의 끝에 서서
시원하게 불어오는 바람을
오롯이 즐길 수 있을까
- 연주중 -
언젠가 조금 더 수월하게
저 멀리 펼쳐진 풍경을
볼 수 있게 되기를 소망해
당신과 내가
한 뼘 더 성장한 그곳에서 말이야

부디 조금 더 단단해지길

긴 여름이 끝나갑니다. 매 순간 최선을 다했지만 여전히 후회가 많습니다. 아쉬움도 잔뜩 쌓여있고요. 뜻대로 된 것이 많지는 않았지만, 의도치 않은 결과들이 마냥 불쾌하지는 않았습니다. 치열한 고민 속에서 그나마 위안 삼을만한 것이 있다면 그 갈등의 깊이만큼 나 자신의 민낯을 바라보게 되었다는 것입니다. 물론 두껍게 포장된 상자를 뜯어보았을 땐 내가 원했던 것이 이게 맞는지 혼란스럽기도 했지만 말이죠. 소중히 여겼던 사람들에게 상처를 받은 일도 많았습니다. 그 사람과의 관계에서도요. 모든 것을 손에 꽉 쥔 채로는 오래도록 사랑할 수 없었습니다. 이걸 깨닫는 순간은 참 아팠던 거 같아요. 과거를 탓하지 않는 연습을 하는 중입니다. 오늘을 살아가는 일에 몰입하는 중입니다. 부디 불어오는 찬바람만큼 조금 더 단단해지길 바랍니다.

긴 여름이 끝나가네
매 순간 최선을 다했지만
여전히 후회가 많아
아쉬움도 잔뜩 쌓여있고
- 연주중 -
어느새 가을이네
과거를 탓하지 않는
연습을 하고 있어
오늘을 살아가는 일에
몰입하는 중이야
부디 불어오는 찬바람만큼
조금 더 단단해지길 바라

PART 2.

너를 생각나게 하는 노래가 있다

받는 이 없는 사랑이어도

마음에도 없는 말을 하는 것보다 커져버린 마음을 숨기는 게 더 어려운 것 같아요. 당신에 대한 마음이 그래요. 나도 모르는 사이에 사랑이 시작돼버려서요. 눈치를 챘을 때 이미 돌이킬 수 없는 상황이었어요. 이쯤 되니 어떤 결말을 맞이할지 예상이 되면서도 멈출 수가 없더라고요. 상처받고 싶지 않아서 마음 단속을 단단히 했는데도 이 모양이에요. 쉬운 일이 없다고들 하지만, 당신을 품는 것도 무시하는 것도 뜻대로 되는 게 하나도 없는 걸 보면 나는 이 마음을 전할 수밖에 없어요. 받는 이 없는 사랑이어도.

상처받고 싶지 않아서
마음 단속을
단단히 했는데도
이 모양이야
- 연주중 -
쉬운 일이 없다고들 하지만
너를 품는 것도 무시하는 것도
뜻대로 되는 게 하나도 없는 걸 보면
나는 이 마음을 전할 수밖에 없어
받는 이 없는 사랑이어도

사랑 그거 하나 받고 싶어서

아무것도 아닌 일에 이렇게 절실해지면, 보이지 않던 게
보여요. 한참을 헤매다가 길이 조금 보이면 금세 집착이
시작돼요. 알고 있는 걸 모른 척 하면 마음이 멍들기 시
작해요. 함께 있는데도 혼자 사랑을 하면 질투에 사로잡
혀 제대로 바라볼 수가 없어요. 내가 이렇게 처절해요.
사랑, 그거 하나 받고 싶어서.

⬇ ＋   ⤳ ⋮

아무것도 아닌 일에
이렇게 절실해지면
보이지 않던 게 보여
함께 있는데도
혼자 사랑을 하면
질투에 사로잡혀
제대로 바라볼 수가 없어
- 연주중 -
내가 이렇게 처절해
사랑, 그거 하나 받고 싶어서

🎵 ⏮ ▷ ⏭ 🔊EQ

좁혀지지 않는 간격을 바라보는 일

상대방을 향한 투정들이 서로의 감정을 한참 갉아먹었을 때 즈음, 우리는 어느새 서로가 잃어버린 것들이 무엇인지도 모르는 그런 지경에 이르렀어요. 당신은 내가 사소한 것들에 대해 너무 예민하게 반응한다고 생각했고, 나는 우리 사이에 존재하는 사소한 것들이 무시당할 때마다 불같이 화를 냈으니까. 좁혀지지 않는 간격을 바라보는 일은 매번 낯설기만 합니다. 돌이켜보면 복잡할 것이 하나도 없었는데 말이지요. 어쩌면 당신은 나에게 이해를 바란 게 아니었을지도 모르겠어요. 그저 조금만 더 믿어달라는 거였을 수도.

상대방을 향한 투정들이
서로의 감정을
한참 갉아먹기 시작했고
좁혀지지 않는 간격을
바라보는 일은
매번 낯설기만 해
- 연주중 -
어쩌면 너는 나에게
이해를 바란 게 아니었을지도 몰라
그저 조금만 더
믿어달라는 거였을 수도

결국 우리가 깨어진 거야

나를 변화시킨 건 언제나 불안감이었습니다.
우리 관계에 대한 불안이
나를 더 노력하게 만들었습니다.
우리 사랑에 대한 불안이
당신을 향한 내 마음을 더 크게 만들었습니다.
불안했던 만큼 많이 흔들렸고,
많이 흔들린 만큼 중심을 잡기 위해 애를 썼습니다.
어깨에 힘이 잔뜩 들어간 상태로
한 사랑은 무언가를 부러뜨려야만 끝이 났습니다.
부자연스러운 관계는
기어이 균열을 이야기했습니다.
결국 우리가 깨어진 것입니다.

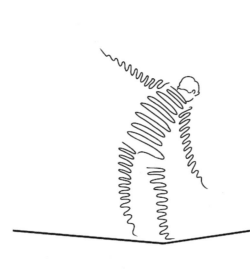

남겨진 마음을 전한다면

우리는 항상 분명하길 원했지만 정작 서로에겐 애매한 표현과 어중간한 표정을 지어왔던 거 같아요. 그리고 문제는 항상 이 지점에서 시작됐습니다. 마음을 보여주었지만 전해지지 않은. 진심을 담았지만 전부는 아니었던. 조금 더 우리를 소중히 여겼다면 지금과는 달라졌을까요. 남겨진 마음을 지금이라도 전한다면 그때의 우리로 돌아갈 수 있을까요. 이런 의미 없는 질문들이 당신과 나 사이에 안쓰럽게 맴돌고 있습니다. 이제 남은 건 이것뿐입니다.

조금 더 우리를
소중히 여겼다면
지금과는 달라졌을까
남겨진 마음을 지금이라도 전한다면
그때의 우리로 돌아갈 수 있을까
- 연주중 -
이런 의미 없는 질문들이
너와 나 사이에
안쓰럽게 맴돌고 있어
이제 남은 건 이것뿐이야

우리가 헤어지던 날 밤

우리가 헤어지던 날 밤. 관계의 마지막 장에서 그런 눈빛
으로 나를 떠나보내면 안 되는 거잖아요. 혹시 다음은
다를 수도 있지 않을까 하는 생각이 나를 지배하지 않
게 했어야죠. 좋은 사람으로 기억되려는 노력들은 애초
에 가져다 버렸어야죠. 마치 이별을 원하지 않는 것처럼
행동하지는 말았어야죠. 나를 아쉽게 할 만한 배려들은
하지 말았어야죠. 책임지지 못할 애매한 여운은 남기지
말았어야죠. 그러지 그랬어요.

우리가 헤어지던 날 밤
관계의 마지막 장에서
그런 눈빛으로
나를 떠나보내면 안 되는거잖아
- 연주중 -
책임지지 못할 애매한 여운은
남기지 말았어야지
그러지 그랬어

내가 여기에 있잖아요

전부가 아니어도 괜찮아요. 마음속 남는 부분 조금이라
도 줄 수는 없었나요. 이렇게 노골적으로 원하는 걸 이
야기하면 한 번쯤은 관심 가져줄 수 있는 거 아닌가요.
귀찮아서라도 눈길 한 번 줄 수 있지 않나요. 사랑이라
는 과분한 단어는 바라지도 않았는데, 안타까운 마음으
로 한 번 돌아봐 줄 수 있는 거 아닌가요. 내가 여기 있
잖아요. 그렇게 멀지도 않은데.

전부가 아니어도 괜찮아
마음속 남는 부분
조금이라도 줄 수는 없었니
사랑이라는 과분한 단어는
바라지도 않았는데
한 번 돌아봐 줄 수 있잖아
- 연주중 -
내가 여기 있잖아
그렇게 멀지도 않은데

당신이 없으면, 당신이 없이는

어떤 위로도 의미를 갖지 못하는 순간이 있어요. 당신의 빈자리가 그래요. 어떤 말로도 덮어지질 않는 거예요. 괜찮냐는 말도 허공에 던져지고, 울지 말라는 말도 바닥에 던져지는 거예요. 당신이 없으면 나는 이렇게 엉망이에요. 당신이 없이는.

어떤 위로도
의미를 갖지 못하는 순간이 있어
당신의 빈자리가 그래
어떤 말로도 덮어지질 않아
- 연주중 -
당신이 없으면
나는 이렇게 엉망이야
당신이 없이는

EQ

나를 잃어버린 당신은

잃어버리고 나서야 소중했던 걸 알게 된다고들 하잖아요. 어때요? 우리의 사랑이 있었던 빈자리는 어떤 의미로 남아있나요? 소중했던 게 사라진 공간을 무엇으로 채우고 있는지 궁금해요. 당신을 잃어버린 나는 온통 어수선한 날들의 연속이에요. 나를 잃어버린 당신은 어떻게 지내고 있나요. 잊기 쉬울 것 같지는 않은데, 정말 그렇게 금방 지울 수 있는 건가요. 아니면 딱 그 정도였나요. 당신에게 내가.

당신을 잃어버린 나는
온통 어수선한 날들의 연속이야
나를 잃어버린 당신은
어떻게 지내고 있니
- 연주중 -
잊기 쉬울 것 같지는 않은데
그렇게 금방 지울 수 있는 거였니
아니면 딱 그 정도였니
당신에게 내가

당신이라는 사람은 왜

낯익은 번호로 걸려온 전화에 모든 게 멈춥니다. 지나가는 사람들, 어디론가 흘러가고 있는 구름, 귓가를 스치는 의미 없는 소음들까지. 왜 하필 지금인 걸까요. 마음속에 무섭게 퍼붓던 비가 겨우 잠잠해진 이 순간에. 내 눈가에 무겁게 내려앉은 습기가 사라지기도 전에 말이죠. 당신이라는 사람은 왜 이렇게 시작부터 끝까지 제멋대로인지. 나는 그런 당신을 왜 분명하게 구분 짓지 못하고 오늘도 이렇게 혼란스러워하는지.

낯익은 번호로 걸려온 전화에
모든 게 멈추는 거야
왜 하필 지금인 걸까
- 연주중 -
마음속에 무섭게 퍼붓던 비가
겨우 잠잠해진 이 순간에
내 눈가에 무겁게 내려앉은 습기가
사라지기도 전에 말이야

당신은 알고 있는지

잊으라는 말은 참 간단합니다. 그렇게 던져진 말 한마디에 내 마음은 세게 얻어맞아 도대체 성한 곳이 없는데 말이지요. 혹시 다시 돌아올지도 모른다는 생각이 얼마나 나를 지배하기 쉬운지. 어쩌면 다시 시작하게 될 수도 있다는 생각이 어느 정도로 나를 흔들어 놓는지. 그 생각에 휘둘려 이러지도 못하고 저러지도 못하는 나를 당신은 알고 있는지. 말끔한 끝맺음도 없고, 새로운 시작도 없는 그런 불완전한 상태가 온 세상을 흔들고 있는 걸 멍하니 바라만 봐야 하는 겁니다. 풀리지 않는 숙제를 끌어안고 나는 오늘도 엉망이고요. 이 새벽이 너무 깁니다. 당신이 없는 새벽은 참 길어요.

잊으라는 말은 참 간단해
그렇게 던져진 말 한마디에
내 마음은 세게 얻어맞아
도대체 성한 곳이 없는데 말이야
- 연주중 -
혹시 다시 돌아올지도 모른다는 생각이
얼마나 나를 지배하기 쉬운지
어쩌면 다시 시작하게 될 수도 있다는 생각이
어느 정도로 나를 흔들어 놓는지
그 생각에 휘둘려
이러지도 저러지도 못하는 나를
당신은 알고 있는지

그날의 나는 오늘의 우리는

당신이 단호했던 만큼, 나는 그 이별의 순간을 단숨에 삼켜버렸습니다. 이대로 끝낼 수는 없었지만 당신의 마음을 돌이킬 자신도 없었기에. 아무런 질문 없이. 그 어떤 머뭇거림도 없이. 체할 것도 모른 채. 이별이 준비되지 않은 내가 쉽게 소화할 수 있는 게 아니란 걸 깨닫기까지는 꽤 오랜 시간이 걸렸습니다. 나는 무슨 아쉬움이 남아서 아직도 당신과의 간격 속에 어슬렁대고 있는지. 그곳에 무엇을 남기고 온 건지. 그날의 나는. 오늘의 우리는.

나는 무슨 아쉬움이 남아서
아직도 당신과의 간격 속에
어슬렁대고 있는지
그곳에 무엇을 남기고 온 건지
- 연주중 -
그날의 나는
오늘의 우리는

마지막 모습이 이럴 줄 알았다면

버림받은 사람이 자신의 입으로 먼저 그만하자고 말하기까지, 얼마나 많은 상처를 감춰야 했는지 알고는 있나요. 아물지 않아서 계속 덧나는 상황이 얼마나 괴로운지 상상해본 적 있나요. 다쳐버린 마음과 닫혀버린 마음을 해결할 방법이 없는 거예요. 혼자 이걸 끌어안는 것 말고는 할 수 있는 게 없는 거죠. 우리의 마지막이 그랬어요. 사랑의 마지막 모습이 이렇게 잔혹할 줄 알았다면 미리 말해주지 그랬어요. 그러면 이렇게 흘러가도록 내버려 두지 않았을 텐데.

다쳐버린 마음과
닫혀버린 마음을
해결할 방법이 없어
혼자 끌어안는 것 말고는
할 수 있는 게 없는 거야
- 연주중 -
우리의 마지막이 그랬어
사랑의 마지막 모습이
이렇게 잔혹할 줄 알았다면
미리 말해주지 그랬니
이렇게 흘러가도록
내버려 두지 않았을 텐데

EQ

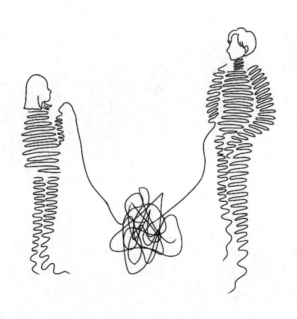

헤어지고 싶었던 게 아니에요.

우리의 관계가 끝이라는 걸 눈치챘는데 어떻게 해요.

이 사랑을 잘 해낼 수 있을 것 같지가 않아요.

노력으로도 안 되는 게 있나 봐요.

이번엔 진짜 열심히 했는데. 진심을 다했는데.

깊어져 가는 오해를 풀어낼 방법이 없었어요.

얽힌 마음을 풀어내기에 우리는 너무 약했던 거겠죠.

감정에 솔직했던 만큼 부서지기 쉬웠던 거 같아요.

여전히 그리운 오늘이에요.

억지로 덮어두었던 당신에 대한 마음이

들썩이는 그런 날이에요. 오늘은.

여전히 그리운 오늘이에요

다시 시작해보자는 말

우연히라도 마주치고 싶어서 함께 걷던 길을 어슬렁대
는 건 이제 그만하려고요. 당신의 집 근처까지 갔다가
그냥 돌아오는 한심한 짓도 다시는 하지 않으려고 해요.
꺼내지 못한 말은 조용히 담아두기만 하려고요. 듣는
사람이 힘들어할 말은 태어나지 않게 하려고요. 나에 대
한 마음을 잃어버린 당신을 마냥 내 곁에 두기만 하는
건 의미가 없으니까요. 다시 시작해보자는 그 말을 이제
는 내가 감당할 수가 없을 것 같아서 말입니다.

우연히라도 마주치고 싶어서
함께 걷던 길을 어슬렁대는 건
이제 그만하려고
너희 집 근처까지 갔다가
그냥 돌아오는 한심한 짓도
다시는 하지 않으려고
- 연주중 -
꺼내지 못한 말은
조용히 담아두기만 하려고
듣는 사람이 힘들어할 말은
태어나지 않게 하려고

너의 마음을 잃고 난 후

아깝지 않았습니다. 그 사람과 나의 영역을 나누는 일
은 무의미했습니다. 이미 잔뜩 물들어 버려서 경계가 모
호해진 지 오래된 일이었습니다. 함께 만든 공간이 나누
어지는 일은 상상도 하지 않았습니다. 딱 하나의 조각이
빠졌다고 이렇게 순식간에 무너질 줄 몰랐습니다. 그 사
람의 마음을 잃고 난 후 모든 게 달라졌습니다.

아깝지 않았어
너와 나의 영역을 나누는 일은
무의미했으니까
이미 잔뜩 물들어 버려서
경계가 모호해진 지
오래되기도 했고
- 연주중 -
딱 하나의 조각이 빠졌다고
이렇게 순식간에 무너질 줄 몰랐어
너의 마음을 잃고 난 후
모든 게 달라진 거야

결국 또 당신이라는 결론

긴 밤. 그리워하지 않으려는 노력이 나 자신을 초라하게 만들었을 때 즈음, 한참을 이리저리 뒤척이다가 결국 또 당신이라는 결론에 도달했습니다. 지우지 못하는 것들이 많아서, 버리지 못하는 것들이 넘쳐서, 미련하게 끌어안고 있는 것 투성이네요. 그렇게 마음이 가는 대로 이리저리 흔들리다가 멈춘 그곳에 조심스레 당신의 이름을 적고 나니, 사랑이었습니다. 한심하게도.

지우지 못하는 것들이 많아서
버리지 못하는 것들이 넘쳐서
미련하게 끌어안고 있는 것 투성이라서
- 연주중 -
그렇게 마음이 가는 대로
이리저리 흔들리다가 멈춘 그곳에
조심스레 너의 이름을 적고 나니
사랑이었어
한심하게도

당신은 어때요 당신도 그런가요

생각보다 괜찮네요. 당신을 지워내다 보니 이제서야 나를 바라볼 수 있게 되었어요. 아프지도 않네요. 상처도 금방 아물었어요. 귀찮은 일도 없어졌네요. 조금은 이기적일 만큼 나만 생각하는 오늘이었어요. 당신을 그 정도로 사랑했던 건 아니었나 봐요. 아프긴 한데, 견딜 만해요. 당신은 어때요? 나는 오늘도 당신 없이 완벽한 하루였어요. 당신도 그래요? 나 없이 아무렇지 않게 잘 지냈는지 궁금해요. 다 버텨냈는데, 이거 하나만 궁금해요. 당신은 괜찮은지.

당신을 그 정도로
사랑했던 건 아니었나 봐
아프긴 한데, 견딜만해
당신은 어때
나는 완벽한 하루였어
당신도 그랬니
- 연주중 -
정말 다 버텨냈는데
이거 하나만 궁금해
당신은 괜찮은지

지운 채 살아가 주세요. 저도 아무 일 없던 것처럼 지나갈게요. 언젠가 당신 생각이 떠오르더라도 당황하지 않도록. 딱히 할 말이 없었기에 잘 지내라고 말했지만, 그날 우리는 또 한 번 헤어졌습니다. 익숙한 길을 따라 쓸쓸하게 걷다 보니, 우리의 기억이 점점 선명해졌어요. 이 추억이 나를 흔들면 참아왔던 감정을 한참 쏟아내고 이내 돌려보내 주어야 했습니다. 앞으로도 몇 차례 더 이별해야 할 것 같아요. 당신, 우리의 추억, 그때의 나와.

지운 채 살아가 줘
나도 아무 일 없던 것처럼 지나갈게
언젠가 당신 생각이 떠오르더라도
당황하지 않도록
- 연주중 -
앞으로도 몇 차례
더 이별해야 할 것 같아
당신
우리의 추억
그때의 나와

우리가 다시 만난다면 그때는

그 언젠가 우리가 다시 만난다면 그때는 조금 더 솔직해
질 수 있을까요. 우리가 한때는 한곳을 바라보고 있었다
는 것을 웃으며 이야기할 수 있을까요. 서로가 서로에게
전부였던 때가 있었다고 추억할 수 있을까요. 사랑했던
만큼 서로에게 절실했었다는 걸 고백할 수 있을까요. 언
제가 되더라도 좋으니 한 번 더 눈을 마주치며 전할 수
있을까요. 그때가 우리에게 가장 아름다웠던 시절이었다
고.

그 언젠가 우리가 다시 만난다면
그때는 조금 더 솔직해질 수 있을까
우리가 한때는
한곳을 바라보고 있었다는 것을
웃으며 이야기할 수 있을까

- 연주중 -

서로에게
전부였던 때가 있었다고
추억할 수 있을까
사랑했던 만큼 절실했었다는 걸
고백할 수 있을까

내 안에 머물렀던 시간만큼

그대, 내 안에 머물렀던 시간만큼 내가 당신에게 의미 있는 사람이었다고 이야기해주세요. 나와 함께한 시간이 더없이 행복했다고. 앞뒤 가리지 않고 모든 순간을 솔직하게 맞이할 수 있었다고. 당신에게 남아있는 나의 향이 점점 더 짙어져서 흔들면 흔들수록 더 멀리 퍼지고 있다고. 짙은 농도만큼 서로에게 충분히 익숙했다고. 가장 소중했던 것은 저 멀리 어딘가에 있었던 게 아니라 무심한 듯 끌어안고 있던 그것이었다고. 그게 나라는 사람이었다고.

내 안에 머물렀던 시간만큼
너에게 의미 있는 사람이었다고
말해 줘
- 연주중 -
가장 소중했던 것은
저 멀리 어딘가에 있었던 게 아니라
무심한 듯 끌어안고 있던 그것이었다고
그게 나라는 사람이었다고

네가 키우던 고양이가 보고 싶어

오늘 같은 날은 유난히 그 사람이 키우던 고양이가 보고 싶어요. 가장 힘든 순간에 생각나는 게 그 사람도 아니고 함께했던 시간도 아닌, 키우던 고양이라니. 뒤늦게 나를 찾아온 그 사람에 대한 기억의 형체 앞에 이 정도로 평온해진 걸 보면, 나는 이제 제법 괜찮은 상태가 된 걸까요. 진하게 물들어 빠지지 않았던 그의 얼룩은 그렇게 빛바랜 형태로 말라버렸습니다. 내 품에 안겨 나를 미소 짓게 하던 고양이의 작은 숨결 말고는 추억할 게 없을 만큼.

오늘 같은 날은
유난히 네가 키우던 고양이가 보고 싶어
가장 힘든 순간에 생각나는 게
너도 아니고, 너와 함께했던 시간도 아닌
네가 키우던 고양이라니
- 연주 중 -
뒤늦게 나를 찾아온
너에 대한 기억의 형체 앞에
이 정도로 평온해진 걸 보면
나는 이제 제법 괜찮은 상태가 된 걸까

나는 이제 네가 없이도

함께하자는 약속이 이렇게 가벼운 것이라는 걸 그때도 알았더라면. 나는 당신을 적당한 깊이만큼만 사랑할 수 있었을까요. 내가 전부라는 말이 듣기에만 좋은 말이라는 걸 뒤늦게 깨닫지 않았더라면. 나는 당신에게 적절한 수준으로만 집중할 수 있었을까요. 전후 사정 가리지 않고 퍼붓듯 쏟아지던 당신에 대한 마음이 마침내 바닥을 보이기 시작했고, 나는 이제 당신이 없어도 아무렇지 않은 사람이 되었습니다. 마침내.

함께하자는 약속이
이렇게 가벼운 것이라는 걸
그때도 알았더라면
내가 전부라는 말이
듣기에만 좋은 말이라는 걸
뒤늦게 깨닫지 않았더라면
- 연주중 -
나는 이제 네가 없어도
아무렇지 않은 사람이 된 거야
마침내

그런 사람 반드시 나타나요

의심 없이 모든 걸 내어줄 수 있겠다는
생각을 갖게 하는 사람이 반드시 나타나요.
앞뒤를 가리지 않고,
좌우를 계산하지 않게 하는 그런 사람이요.
너무 행복해서
이 순간이 언젠가 끝을 맞이하면 어쩌지?라는
불안감마저 들게 하는 그런 사람과
진짜 사랑을 하게 될 거예요.
반드시 우리 모두 그렇게 됩니다.

너와의 거리를 한걸음에

보통 '사랑은 타이밍'이라고들 말하는데, 어긋났던 사랑을 하나하나 뜯어서 살펴보면 사실 시간의 차이 때문이라기보단 두 사람의 간격을 좁히지 못해 끝을 맞이하는 일이 더 많은 거 같아요. 가까워지려면 서로 노력을 해야 하는데, 간격이라는 게 혼자 노력한다고 줄어드는 게 아니잖아요. 사랑하고 싶었지만 마음이 닿지 않았던 날들. 헤어지고 싶지 않았지만, 이별해야 했던 순간들. 고백하고 싶었지만, 속마음을 담아두어야 했던 상황도. 모두 이 간격에서 발생한 문제인 것 같습니다. 오늘은 뛰어넘고 싶은 날이에요. 내 앞에 있는 당신과의 거리를 한걸음에 말이지요.

사랑하고 싶었지만
마음이 닿지 않았던 날들
헤어지고 싶지 않았지만
이별해야 했던 순간들
고백하고 싶었지만
속마음을 담아두어야 했던 상황도
- 연주 중 -
오늘은 뛰어넘고 싶은 날이야
내 앞에 있는 너와의 거리를 한걸음에

그게 사랑임에도

어설픈 질투가 참 위험합니다. 나를 만족시키지도 못하고 당신의 노력이 받아들여지지도 않는 그런. 나의 서운한 마음이 고개를 들면 지쳤다는 당신의 표정을 만나게 되고, 우리가 서로의 무엇을 원해왔는지, 이 과정이 사랑이 맞는지 의심하게 되는 겁니다. 적당히 받아주고 적절히 노력하면 충분히 스며들 수 있는 관계였는데. 서로가 원하는 모습대로 상대방을 구겨 넣으려고 하니 각자의 모양이 일그러지고 있는 걸 피할 수가 없었던 거 같아요. 있는 그대로. 그러나 서로가 서로에게 충실하게. 그게 사랑임에도 말이지요.

적당히 받아주고 적절히 노력하면
충분히 스며들 수 있는 관계였는데
서로가 원하는 모습대로
상대방을 구겨 넣으려고 하니
각자의 모양이 일그러지고 있는 걸
피할 수가 없었던 거 같아
- 연주중 -

있는 그대로
그러나
서로가 서로에게 충실하게

당신과 함께하는 순간이 그래요

모든 걸 다 주어도 아깝지 않은 사람. 지독할 정도로 솔직하게 만드는 사람. 삶의 크고 작은 영역에서 과도하다 싶을 정도로 의미 부여가 되는 사람. 보고 있어도 금세 그리워져 사무치게 되는 사람. 무너져가는 나를 지탱하는 한 가지 이유. 당신이에요. 어딘가에 다녀와야만 깨달을 수 있는 것이 있고, 어딘가에 머물러야만 알 수 있는 것이 있어요. 당신과 함께한 시간과 여행이 그래요. 더 오래 하고 싶어요. 더 멀리 가보고 싶고요. 이 여정의 끝에서 우리가 계속 손을 맞잡고 있을 수 있기를 원해요. 오롯이 같은 곳을 보면서.

어딘가에 다녀와야만
깨달을 수 있는 것이 있고
어딘가에 머물러야만
알 수 있는 것이 있어
너와 함께한 시간과 여행이 그래
- 연주중 -
더 오래 하고 싶고
더 멀리 가보고 싶어
오롯이 같은 곳을 보면서 말이야

모든 것들이 노랫말이 되는 날

그런 날 있잖아요. 함께라는 사실만으로도 너무 좋은 그런 날. 그 사람 곁에 있는 것만으로도 이미 충분해서 벅차오르는 그런 날이요. 함께한 순간들이 너무나 소중해서 지나가는 시간마저 아깝게 느껴지고, 나를 스치는 모든 것들이 노랫말이 되는 그런 날 말이에요. 그런 날이 있었잖아요. 당신에게도.

그런 날 있잖아
함께라는 사실만으로도
너무 좋은 그런 날
그 사람 곁에 있는 것만으로도
이미 충분해서 벅차오르는 그런 날
- 연주중 -
그런 날이 있었잖아
너에게도

PART 3.

사람에게 상처받았을 때

듣는 노래가 있다

사람이 무섭게 느껴지는 순간

입으로 하는 말과 속마음이 다를 수 있다는 건 알고 있었지만, 앞뒤가 다른 사람을 직접 겪고 나니 사람이 너무 무섭게 느껴지더라고요. 하필이면 제가 마음을 열고 친절함으로 대했던 사람이었거든요. 물론 그 사람이 저에 대해 좋게 이야기해 줄 필요는 없어요. 그런 걸 바라고 잘해준 것도 아니었으니까요. 하지만 있지도 않은 말로 사람들 사이에서 저에 대한 오해를 만들어 내고 있다는 걸 알고 나니, 황당하고 서러워서 눈물이 났어요. 크게 무너지진 않았지만 마음 한 부분이 멍들었다는 건 느낄 수 있었습니다. 지금 보니 아주 새파랗네요. 괜찮아지려면 한참 걸리겠어요. 꽤 오랜 시간이요.

크게 무너지진 않았지만
마음 한 부분이 멍들었다는 건
느낄 수 있었어
- 연주중 -
지금 보니 아주 새파랗네
괜찮아지려면 한참 걸리겠어
꽤 오랜 시간이 말이야

사람을 미워하는 마음

사람을 미워하는 마음이 한 번 싹트고 나니, 마음속에서 이 생각의 뿌리를 뽑아내는 게 쉽지가 않네요. 딱히 미운 짓을 하는 게 아닌 날에도 어찌나 스트레스를 주는지. 같은 공간에 있는 게 싫어서 뛰쳐나온 적도 있었어요. 일이 어려워서 힘든 게 아니라 사람을 대하는 게 어려워서 그만해야겠다는 생각을 하게 될 줄은 상상도 못 했어요. 웬만하면 부드럽게 모든 상황을 대처할 수 있을 거라 생각했는데, 그러지 못 한 경우가 생길 수 있다는 걸 배우는 요즘입니다. 일이 어려우면 배우면 되고, 일이 많으면 나누면 되지만 일을 함께하는 사람이 힘들면 다른 문제들보다 훨씬 더 힘드네요. 사람에 대한 스트레스라는 거 무시 못 하는 거 같습니다.

사람을 미워하는 마음이
한 번 싹트고 나니
마음속에서 이 생각의 뿌리를
뽑아내는 게 쉽지가 않네
- 연주 중 -
일이 어려우면 배우면 되고
일이 많으면 나누면 되지만
일을 함께하는 사람이 힘들면
다른 문제들보다 훨씬 더 힘들더라

사람이 많아야 한다는 강박

주변에 사람이 많아야 한다는 강박에서 벗어나는 건 쉽지 않았어요. 인맥의 필요성, 인간관계의 중요성을 복잡하게 논하지 않더라도 저는 항상 모두에게 좋은 사람이 되려고 애를 썼던 것 같습니다. 그랬던 저에겐 요즘 행복을 주는 몇 사람과의 관계가 더욱 소중합니다. 서로를 옭아매는 기대를 할 필요도 없고, 기대를 하지 않으니 실망도 없고요. 서로가 언제 가장 편한지를 알기 때문에 불편한 상황을 맞이할 일도 없습니다. 무의미하고 넓은 인간관계가 사실 나를 더 외롭게 하고 있었다는 건, 참 아이러니한 일이에요. 범위는 작지만 충분히 소중한 관계. 이젠 이걸 지켜나가려고 합니다.

주변에 사람이 많아야 한다는
강박에서 벗어나는 건
쉽지 않았어
무의미하고 넓은 인간관계가
사실 나를 더 외롭게 하고 있었다는 건
참 아이러니한 일이었지
- 연주중 -
범위는 작지만 충분히 소중한 관계
이젠 이걸 지켜나가려고 해

모두를 만족시킬 수 없다는 사실

나도 모르는 사이 많은 사람들에게 상처를 주었습니다. 누군가 이미 상처를 받은 상황에선 그저 '몰랐다'라는 말로 상황을 해결할 수 있거나 제대로 된 변명이 되질 않습니다. 그저 2차, 3차 상처를 추가로 줄 뿐이지요. 내 기준에서의 선한 의도가 모든 사람을 이해시킬 수는 없었습니다. 내가 옳다고 생각한 일을 모든 사람이 옳다고 생각하지 않을 수 있습니다. 이 사실을 깨닫는 것에서부터 시작합니다. 처음부터 모두를 만족시키는 선택지는 애초에 존재하지 않는다는 사실을 받아들이는 일 말이지요.

선한 의도였다고 해도
나도 모르는 사이
많은 사람들에게
상처를 주었을 수도 있어
- 연주 중 -
처음부터
모두를 만족시키는 선택지는
애초에 존재하지 않는다는
사실을 받아들이기로 해

의심 없이 내어주는 일

친절을 보냈더니 부당함으로 포장되어 돌아오는 경우가 있어요. 친절은 거래나 투자 같은 게 아니라 선물 같은 거잖아요. 대가를 바라지 않는 그런 거요. 그럼에도 불구하고 따뜻한 배려를 유지할 수 없게 만드는 차가운 태도는 정말 견디기 어려워요. 인간관계 속에서 계산하고 싶지 않지만, 수를 세어보아야 하는 상황이 계속 생기는 것 같아요. 내 친절이 상대방에게 아무렇지 않게 내던져지거나 의무로 받아들여질 때 이렇게 되는 것 같아요. 슬픈 순간이에요. 의심 없이 내어주는 일이 바보 같은 결정이었다는 걸 깨닫게 되는 건 말이지요.

친절을 보냈더니
부당함으로 포장되어
돌아오는 경우가 있더라
따뜻한 배려를 유지할 수 없게 만드는
차가운 태도는 정말 견디기 어려워
- 연주중 -
슬픈 순간이지
의심 없이 내어주는 일이
바보 같은 결정이었다는 걸
깨닫게 되는 건 말이야

그 누구에게도 미움받고 싶지 않아서

사람들에게 어떤 이미지로 소비되는지
신경을 참 많이 썼어요.
다른 사람들이 나를 어떻게 생각하는지,
나를 싫어하는 사람이 한 사람이라도 있는지
항상 불안한 마음으로 사람을 대했던 거 같아요.
그 누구에게도 미움받고 싶지 않아서.
적당한 만큼 주고 관계가 틀어져도
나를 향한 화살이 되어 돌아오지 않도록
'괜찮은 사람', '나쁘지 않은 사람'으로 비치기 위해
어느 정도는 연기를 했는지도 모르겠습니다.
그러다가 나중엔 진짜 속마음을 털어놓을
친구가 없는 것 같아서 울음이 터졌어요.
눈에서 눈물이 흐르진 않았지만
마음으로는 울고 있는 게 분명했습니다.
어떤 울타리도 넘지 않으려고 하다 보니,
아무도 제 안에 들어오려고 하지 않았어요.
많은 사람들 사이에 둘러싸여 있지만
외로운 오늘입니다.

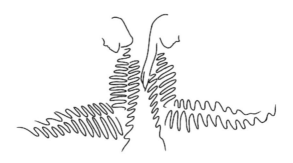

보이는 모습이 전부가 아닙니다

외향적이거나 활기찬 사람이 의외로 많은 상처를 받은 사람일 수 있어요. 내향적이거나 책임감 있는 사람도 생각보다 쉽게 흔들릴 수 있고요. 겉으로 보이는 모습이 그 사람의 전부가 아니라는 것을 이해할 필요가 있습니다. 다 각자의 힘듦이 있음을 기억하는 게 중요해요. 오늘의 내가 내일의 나와 다를 수 있는 것처럼. 어차피 사람 사는 거 다 똑같으니까.

겉으로 보이는 모습이
그 사람의 전부가 아니라는 것을
이해해야 할 필요가 있어
다 각자의 힘듦이 있음을
기억하는 게 중요해
- 연주중 -
오늘의 내가
내일의 나와 다를 수 있는 것처럼
어차피 사람 사는 거 다 똑같으니까

훈수는 쉽고 한 수는 어렵다

누구나 각자의 힘듦이 있어요. 내가 처한 어려움이 당신에겐 가벼운 장애물이라고 해서 나도 당신처럼 쉽게 넘길 수 있는 것은 아닙니다. 난이도는 상대적인 것이니까요. 훈수 두는 건 쉽고 한 수를 두는 건 어렵습니다. 관찰은 간단하고 분석은 복잡한 것이지요. 그저 조용히 응원해 주세요. 저에게도 이걸 뛰어넘기 위한 움츠림이 필요하고, 제가 이 경험을 통해 성장할 수 있도록 말이지요. 부탁드립니다.

누구나
각자의 힘듦이 있지
훈수는 쉽고
한 수를 두는 건 어려워
관찰은 간단하고
분석은 복잡한 것이니까
- 연주 중 -

그저 조용히 응원해줘
이걸 뛰어넘기 위한
움츠림이 필요하니까

오늘도 잘 참아내고는 있어요

잔인한 일이 많아요. 인정을 느낄 수 없는 상황이 참 많습니다. 모질게 던져지는 말들이 넘치는 요즘이에요. 우리네 삶이 원래 그런 거라고 생각하며 많은 부분을 덮어두더라도 흉터는 잔뜩 남아요. 그래도 참아내고는 있어요. 어차피 이거 말고는 선택할 수 있는 게 없으니까.

잔인한 일이 많아
인정을 느낄 수 없는 상황이
모질게 던져지는 말들이
넘치는 요즘이야
- 연주중 -

그래도 참아내고는 있어
어차피 이거 말고는
선택할 수 있는 게 없으니까

EQ

오늘은 이렇게 멈추어버렸습니다

여린 마음에 큰 상처를 입은 어느 날, 내 인생이 어디서부터 이렇게 복잡하게 엉켰는지 질문을 하게 되더라고요. 매 순간 최선을 다했다고 생각했는데, 오해만 잔뜩 쌓여있는 걸 보면서 한 번은 정말 눈물이 났어요. 애초에 자존심을 지키려고 과장된 몸짓을 하거나 주변 사람들에게 해코지한 적도 없는데 말이지요. 모든 선택의 책임도 나에게 있으니, 결과도 제가 돌보는 게 맞지만 참을 수 있는 범위를 넘는 아픔은 저를 혼란스럽게 만들기에 충분했습니다. 오늘은 이렇게 멈추어버렸습니다. 아무것도 할 수가 없네요.

여린 마음에
큰 상처를 입은 어느 날
내 인생이 어디서부터 이렇게
복잡하게 엉켰는지
질문을 하게 되더라고요
매 순간 최선을 다했다고 생각했는데
오해만 잔뜩 쌓여있는 걸 보면서
한 번은 정말 눈물이 났어요
- 연주중 -
오늘은 이렇게 멈추어버렸습니다
아무것도 할 수가 없네요

말이 서툴러서 고민이에요

말이 서툴러서 고민이에요. 한참을 생각하고 꺼낸 말이
상대방에게 상처를 주는 일도 있었고, 하고 싶은 말을
다 했음에도 의도가 전달되지 않는 경우도 있었습니다.
전달하는 방법이 서툴렀을 뿐, 마음이 가벼웠던 건 아니
었는데 말이지요. 더 많이 생각하고, 더 신중하게 이야
기를 풀어나가는 방법밖에는 선택의 여지가 없어요. 어
차피 세련된 방법은 가지고 있지 않으니까, 차근차근 설
명하거나 글로 풀어내는 것밖에는 방법이 없네요. 내일
은 조금 더 명확하게 의식을 붙잡고 이야기를 해봐야겠
습니다. 진심은 여기 그대로 있으니까.

말이 서툴러서 고민이야
전달하는 방법이 서툴렀을 뿐
마음이 가벼웠던 건
아니었는데 말이야
- 연주중 -
내일은 조금 더 명확하게
의식을 붙잡고 이야기를 해보려고 해
진심은 여기 그대로 있으니까

그럴 수도 있지

저는 특히 자기 자신에게 굉장히 엄격한 편입니다. 타인의 잘못과 단점을 발견했을 땐 관대하려고 의식적으로 애를 쓰기도 하고요. 이해할 수 없는 상황을 맞이할 때마다 '그럴 수 있어, 그럴 수도 있지.'라고 수없이 되뇌곤 합니다. 이렇게 하지 않으면 그 순간을 잘 넘겨낼 수가 없어서요. 그 사람을 이해할 수 없을 땐 마법 같은 주문이 됩니다. '그럴 수 있어.'라는 생각은 말이지요.

이해할 수 상황을 맞이할 때마다
그럴 수도 있다고
수없이 되뇌곤 해
이렇게 하지 않으면
그 순간을 잘 넘겨낼 수가 없어서
- 연주중 -
그 사람을 이해할 수 없을 땐
마법 같은 주문이 될 거야
그럴 수도 있다는 생각 말이야

누구에게도 상처 주고 싶지 않아서

누구에게도 상처 주고 싶지 않아서 최선을 다하는 동안 내가 잔뜩 멍이 들었어요. 다른 걸 지키려다가 가장 소중한 걸 돌보지 못한 것이지요. 다른 사람과의 관계를 소중히 한 만큼 나 자신과의 거리도 충분히 좁혀나갔어야 했습니다. 소모된 감정만큼 내 마음도 닳아버린 것이지요. 이제는 나를 한참 안아주어야 할 때가 온 것 같아요. 나 말고는 그걸 더 잘할 수 있는 사람은 없어요. 내가 대견한 오늘입니다.

누구에게도
상처를 주고 싶지 않아서
최선을 다하는 동안
내가 잔뜩 멍이 들었어
소모된 감정만큼
내 마음도 닳아버린 거야
- 연주중 -
이제는 나를 한참
안아주어야 할 때가 온 것 같아
나 말고는 그걸
더 잘할 수 있는 사람은 없으니까

휘둘리지 않는 것

다른 사람의 말에 너무 귀 기울이지 않는 연습도 필요해요. 불안감이 큰 만큼 자신감 있게 던져지는 타인의 조언에 휘둘리기 쉽거든요. 사실 내 앞에 닥친 문제에 대해서 나보다 잘 아는 사람은 없잖아요. 나보다 많은 시행착오를 겪은 사람도 없고요. 조언과 훈수, 충고와 잔소리 사이에서 나에게 필요한 부분만 잘 골라내는 게 필요해요. 주변의 소리를 많이 듣되 쉽게 휘둘리지 않는 것. 이게 내 인생을 올바른 방향으로 끌고 가는 방법입니다.

다른 사람의 말에
너무 귀 기울이지 않는
연습도 필요해
불안감이 큰 만큼
자신감 있게 던져지는
타인의 조언에 휘둘리기 쉽거든
- 연주중 -
주변의 소리를 많이 듣되
쉽게 휘둘리지 않는 게
내 인생을 올바른 방향으로
끌고 가는 방법이야

친절까지 바라지도 않아요

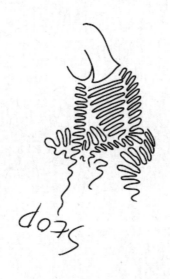

상식을 벗어난 행동을 하는 사람이 참 많습니다.
멀리 살펴볼 것도 없이 우리 주변을 슬쩍 보더라도
무례함이 몸에 배어있는 사람이 너무나도 많아요.
자신의 행동이 타인에게
어떤 영향을 끼치는지 정말 모르는 것인지,
아니면 알면서도 그러는 것인지
헷갈리게 하는 그런 사람들이요.
모르고 그랬든, 알고 그랬든
둘 다 문제인 것은 분명합니다.
친절까진 바라지도 않아요.
그저 비상식적인 행동으로
타인의 하루를 망치지 않도록
주의해 주었으면 좋겠어요.

누가 버텨낼 수 있을까요

이렇게 참기만 하다가 문득 내가 죽을 수도 있겠다는 생각이 들었어요. 성격상 눈앞에 세워두고 해코지를 할 수 있는 배짱도 없고, 이 모든 스트레스를 몸 안 가득 쌓아두기만 하니 도대체 그 누가 버텨낼 수 있을까요. 이런 상태로 오랜 시간이 지나면 결정해야 하는 순간이 옵니다. 참기 힘든 것을 계속 참아낼 것인지, 아니면 피할 수 있는 방법을 찾아내든지 말이지요. 정답은 없지만, 어느 정도는 한 번 내팽개쳐보는 건 어떨까요? 생각보다 결과가 나쁘지 않을 수도 있어요.

이렇게 참기만 하다가
문득 내가 죽을 수도 있겠다는
생각이 들었어
- 연주중 -
정답은 없지만
어느 정도는 한 번
내팽개쳐보는 건 어떨까
생각보다 결과가
나쁘지 않을 수도 있잖아

다름을 인정해 주세요

연애에도 사회생활에도 공통으로 적용되어야 하는 원칙이 있습니다. 바로 '그 사람의 생활양식을 있는 그대로 인정해 주는 것'입니다. 다름을 틀림으로 받아들이는 사람이 생각보다 많고, 다름을 있는 그대로를 인정해 주지 못하는 경우가 많아요. 애초에 내 생각대로 사람을 바꿀 수 있다고 생각하면 스스로를 괴롭게 할 뿐입니다. 사람은 타인이 정의한 대로 쉽게 바뀔 수 있는 존재가 아니니까요. 있는 그대로 받아들이고, 다름을 인정해 주세요. 억지로 바꾸려고 하지 않을 때 변화가 시작됩니다.

애초에 내 생각대로
사람을 바꿀 수 있다고 생각하면
스스로를 괴롭게 할 뿐이야
사람은 타인이 정의한 대로
쉽게 바뀔 수 있는 존재가 아니니까
- 연주 중 -
있는 그대로 받아들이고
다름을 인정해줘
억지로 바꾸려고 하지 않을 때
변화가 시작되는 거야

누군가를 미워하는 일에

누군가를 미워하는 일에 에너지를 쏟다 보면 나도 모르는 사이 이곳저곳 상처가 남아요. 미워하지 않기로 결정하는 건 사실, 그 사람을 위해서가 아니라 오롯이 나를 위한 결정에 가까워요. 한참을 미워해 봐야 남는 건 상처뿐이기 때문이지요. 미워하지 않기로 결정하는 것도 내 영혼에 흉터를 남기지 않기 위함입니다. 그 사람들에게 주목할 시간이 아깝잖아요. 안 그래도 챙겨야 할 내 사람들이 얼마나 많은데.

누군가를 미워하는 일에
에너지를 쏟다 보면
나도 모르는 사이
이곳저곳 상처가 남아
- 연주중 -
그 사람들에게
주목할 시간이 아깝잖아
안 그래도 챙겨야 할
내 사람들이 얼마나 많은데

관계는 만들어지는 것

무난하게 좋은 관계를 유지하던 사람과 틀어진 일이 있었어요. 사회생활을 하면서 제법 중요한 의미를 가지는 관계라 유지하는데 상당한 애를 썼던 기억이 나요. 도움을 주기도 하고, 필요한 것들을 열심히 챙겨주기도 했었던 거 같아요. 이렇게 애를 써도 끊어질 관계는 결국 끊어지게 되어있고, 평소 무심했으나 꾸준히 그 자리에서 의미를 가지고 있는 관계도 있는 것 같습니다. 관계는 만드는 것이 아니라 만들어지는 건가 봐요. 타인에게 너무 많이 기대하지 말고 과도하게 퍼주지도 말고 가능한 범위 안에서 친절하기로 해요. 그래야 실망하지 않을 수 있어요.

애를 써도 끊어질 관계는
결국 끊어지게 되어 있더라
관계는 만드는 것이 아니라
만들어지는 건가 봐
- 연주중 -
타인에게 너무 많이 기대하지 말고
과도하게 퍼주지 말고
가능한 범위 안에서 친절하기로 해

엉킨 실타래를 푸는 방법

사람과 사람 사이의 관계에서 엉킨 실타래를 푸는 비법이 있어요. 바로 '대가를 바라지 않는 것'입니다. 쉬워 보이지만 이게 생각보다 어려워요. 세상에 공짜는 없잖아요. 오는 게 있으면 가는 게 있고, 노력이 들어간 만큼 보상과 칭찬을 바라게 되니까요. 이런 본능적인 욕구 앞에서 한 템포 쉬어가는 연습은 힘든 만큼 의미를 가집니다. 무언가를 바라지 않으면 자유로울 수 있게 되는 것이지요. 다른 사람의 칭찬에 대해서, 내가 베푼 호의에 대해서, 그동안 쏟은 노력에 대해서 집착하지 않는 연습이 필요합니다. 무엇보다 나를 위해서도 그게 좋아요.

다른 사람의 칭찬에 대해
내가 베푼 호의에 대해
그동안 쏟은 노력에 대해
집착하지 않는 연습이 필요해
- 연주중 -
무엇보다
나를 위해서
대가를 바라지 않아야 해

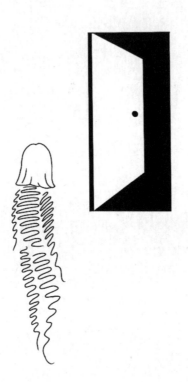

용기를 내야 하는 순간이 와요.
대단한 장애물을 넘어야 하는 순간이
아니어도 말이지요.
누군가에게 말을 거는 일,
사람들 앞에서 내 생각을 이야기하는 일,
목표한 일을 정해진 시간에 끝내는 일,
어제 했던 것을 오늘도 해내는 일,
친절과 배려를 베푸는 일과 같은 영역에도
나름의 용기가 필요합니다.
화려하지 않아도
한걸음 내디뎌야 하는 순간이 옵니다.
우리는 끊임없이
이 과정을 반복하고 또 반복해야 해요.
용기를 내보세요.

스스로 기준이 되는 삶

어린 시절을 생각해보면 타인과의 비교와 경쟁을 통해 자신의 성장을 만들어냈던 것 같아요. 스스로가 원하든 원치 않든 사회 분위기와 구조가 그랬습니다. 아이러니한 사실은 이런 것들을 통해서도 어느 수준까지는 성장을 끌어낼 수 있다는 것입니다. 문제는 이런 비교의식과 경쟁의식이 내면 깊숙이 박혀 내재화되면 스스로를 옭아매는 요소가 될 수도 있다는 것이에요. 주변을 망치기도 하고요. 그렇기 때문에 적절하고 적당한 수준으로 사용되어야 하는 것입니다. 때로는 이런 것들이 필요 없어지는 순간이 오기도 하고요. 다른 사람들과의 지나친 비교를 통해 영혼이 망가지는 일은 없어야 해요. 자신을 평가하는 게 아닌, 스스로 기준이 되는 삶이 되어야 합니다. 우리 모두 충분히 그럴 수 있는 존재니까요.

다른 사람들과의
지나친 비교를 통해
영혼이 망가지는 일은
없어야 해
- 연주중 -
우리 모두 충분히
그럴 수 있는 존재니까

빈 공간에 사랑이 깃들 수 있도록

인정하든 부정하든 어쩌면 우리는 일평생 누군가 혹은 어떤 대상을 만족시키기 위해 살아가는 게 아닐까 하는 생각이 들었어요. 어렸을 땐 부모님, 학생 땐 선생님과 친구들, 사회생활에선 직장 동료와 상사들, 그 이후엔 나의 배우자와 가족, 그리고 궁극적으로 나 자신을 만족시키기 위해서 말이지요. 만족시키는 방법은 크게 두 가지가 있는 거 같아요. 무언가를 하지 않거나 혹은 무언가를 해내거나. 보통 누군가를 만족시키고 싶을 때 가장 먼저 머리를 스치는 생각은 '무엇을 하면 좋을까?'인데요. 예상외로 그 대상이 원치 않는 행동을 하지 않을 때 큰 만족을 주기도 합니다. 이건 단순히 어떤 행위를 포기하는 것과는 조금 달라요. 무언가를 해내는 것 이상으로 무언가를 하지 않는 것이 더 큰 의지를 필요로 하기도 하거든요. 그만큼 큰 배려의 행위인 것입니다. 오늘은 그 사람을 위해 무언가를 하지 않는 건 어떨까요? 그 빈 공간에 사랑이 깃들 수 있도록.

무언가를 해내는 것 이상으로
무언가를 하지 않는 것이
더 큰 의지를 필요로 하기도 해
그만큼 큰 배려의 행위인 거야
- 연주중 -
오늘은 그 사람을 위해
무언가를 하지 않는 건 어떨까
그 빈 공간에
사랑이 깃들 수 있도록

201

누군가를 만족시켜야 한다는 건

나를 힘들게 하는 사람이 있어요. 왜 그렇게 날 선 말로
나를 비난하는지 알 수가 없더군요. 대안이 없는 비판은
나를 항상 피곤하게 했습니다. 누군가를 만족시켜야 한
다는 건 참 어려운 일이에요. 대게 적당한 선에서 정리
가 되지만, 틀어진 관계에선 그마저도 불가능합니다. 누
군가는 이 영역을 떠나야 정리가 되더라고요. 이젠 그
결정의 단계입니다. 그 사람과 이 상황을 안으려는 노력
은 나를 바보로 만들기에 충분했던 거 같아요. 여기까지
만 하겠습니다. 안녕히 계세요.

누군가를
만족시켜야 한다는 건
참 어려운 일이야
대게 정리가 되지만
틀어진 관계에선 불가능해
누군가는 영역을 떠나야
정리가 되더라
⸻ 연주 중 ⸻
여기까지만 하겠습니다
안녕히 계세요

누가 뭐래도 내 인생이니까

참 웃긴 것 같아요. 나답게 산다는 게, 나를 만족시키기 위해 살아간다는 게 당연한 것인데 나를 위해 내린 결정이 이기적인 모습으로 보일까 봐 머뭇거리고 있으니까요. 다른 사람에게 피해를 주지 않는 선에서 충분히 나를 위한 결정들을 내릴 필요가 있습니다. 친절을 베풀고 싶으면 친절해지면 되고, 불쾌함을 표현하고 싶으면 항의하면 되는 것이지요. 열심히 해야 한다거나 끝까지 해내야 한다는 세상의 메시지에 무조건 수렴해야 할 필요는 없습니다. 그런 강박에서 벗어날 필요가 있어요. 내가 원하면 하는 것입니다. 그게 열심히 하는 모습이 됐든, 도망치는 것이 됐든 말이죠. 누가 뭐래도 내 인생이잖아요.

참 웃긴 것 같아
나를 만족시키기 위해
사는 게 당연한 것인데
나를 위해 내린 결정이
이기적인 모습으로 보일까 봐
머뭇거리고 있으니까
- 연주중 -
내가 원하면 하면 되는 거야
그게 열심히 하는 모습이 됐든
도망치는 것이 됐든 말이야
누가 뭐래도 내 인생이잖아

감정의 밑바닥을 보고 나서야

누군가를 부러워하는 마음이 많은 걸 망가뜨렸던 거 같아요. 한참을 부러워하다가 그 마음이 질투로 둔갑하면, 비교라는 늪에 빠져 그 사람도 미워하고 나도 사랑하지 못하는 상황에 빠지게 되는 것이지요. 그러고 나니 남은 건 이리저리 깎아 내려진 내 마음뿐이었습니다. 감정의 밑바닥을 보고 나서야 어디가 잘못됐는지 알겠더라고요. 다른 사람과 비교하지 않기로 결정하는 것. 이게 제 행복의 첫걸음이었습니다.

누군가를 부러워하는 마음이
많은 걸 망가뜨렸던 거 같아
한참을 부러워하다가
그 마음이 질투로 둔갑하면
비교라는 늪에 빠지는 거야
- 연주 중 -
감정의 밑바닥을 보고 나서야
어디가 잘못됐는지 알겠더라
다른 사람과
비교하지 않기로 결정하는 것
이게 내 행복의 첫걸음이었어

부디 내일은 더 무뎌지기를

어제 일을 기억하지 않아야겠다고 생각했어요. 내가 상처받은 거 어차피 아무도 관심 없으니까. 어쩌면 어리광이 가능한 시기는 예전에 지났을지도 모르겠어요. 그 자리에 멈춰있는 기간만큼, 머뭇거리다가 잃어버리는 것들이 생기는 만큼, 내가 책임져야 하는 사람들만 힘들어질 뿐이니까요. 무거워진 어깨만큼 무뎌져야 할 영역도 있는 것 같습니다. 상처받지 않는 연습, 상처를 받아도 아무렇지 않게 잘 견뎌내는 연습을 하는 중이에요. 부디 내일은 오늘보다 더 무뎌지기를 바랍니다.

어제 일을
기억하지 않을 거야
내가 상처받은 거
어차피 아무도 관심 없으니까
상처받지 않는 연습
상처를 받아도
아무렇지 않게 잘 견뎌내는
연습을 하는 중이야
- 연주중 -
부디 내일은 오늘보다 더
무뎌지기만을 바랄 뿐이야

고정관념을 깨는 일

내 안에 존재하는 고정관념을 깨는 건 정말 어려운 일 같아요. 고정된 관념이 타인과 상황을 바라볼 때 편견이 된다는 걸 알고 있으면서도 그것으로부터 벗어나는 게 쉽지 않습니다. 나를 바라보는 시선에 편견이 섞여 있으면 불쾌감을 느끼면서, 나 또한 타인에 대해 크고 작은 편견을 가지고 있는 것이지요. 편견 없는 시선으로 모든 것을 바라볼 수는 없겠지만, 나를 잘못된 방향으로 가게 만드는 요소가 된다면 진지하게 싸워야 하는 시점이 오는 것 같아요. 타인에 대한 편견 없는 시선을 가지는 것이 점점 중요해지는 요즘입니다. 물론 나를 둘러싼 편견 속에서 묵묵히 나의 길을 가는 것도 중요하고요.

내 안에 존재하는
고정관념을 깨는 건
정말 어려운 일 같아

- 연주중 -

타인에 대한 편견 없는 시선을
가지는 것이 점점 중요해지는 요즘이야
물론 나를 둘러싼 편견 속에서
묵묵히 나의 길을 가는 것도 말이야

시간을 다루는 습관에 대해서

선배들이 서른 살 되기 전에 체력을 관리하라는 말을 왜
그렇게 입이 닳도록 했는지, 이제야 깨닫는 중이에요. 표
면적으로는 체력을 키우라는 말이지만, 사실 이건 습관
을 만들어내라는 의미에 가깝거든요. 가면 갈수록 일은
점점 많아지고 그만큼 더 바빠질 텐데, 그 가운데에서도
자신의 체력과 컨디션을 챙길 수 있는 습관을 만들어내
라는 의미였습니다. 많은 일을 하기 때문에 운동량이 필
요한 게 아니라, 끝까지 해내기 위해 필요한 게 체력인
것 같습니다. 흥미로운 건 의외로 체력에 따라 감정 상
태와 기분이 좌우된다는 점입니다. 이걸 잘 유지하려면
시간을 다루는 습관을 만들어내야만 해요. 이건 선택이
아닌 필수입니다.

많은 일을 하기 때문에
운동량이 필요한 게 아니라
끝까지 해내기 위해 필요한 게
체력인 것 같아
- 연주중 -
이걸 잘 유지하려면
시간을 다루는 습관을
만들어내야만 해

서로의 호흡이 닿는 거리에

요즘은 마음 맞는 몇 사람과 보내는 시간이 가장 큰 즐거움을 줍니다. 한때는 '인맥 관리'라는 명목으로 많은 사람을 폭넓게 알고 지내야 한다는 강박에 사로잡혔던 적도 있었어요. 누군가를 필요로 하거나 지독히 외로운 순간에는 의미 없이 넓기만 한 인맥이 별로 소용이 없더라고요. 분명 많은 사람들이 모여 있지만, 그곳에 내 손길이 닿지 않음을 깨닫게 되면서 모든 게 바뀌었습니다. 맹목적으로 많은 사람을 알고 지낼 필요는 없는 것 같아요. 많은 사람을 한 번에 챙기는 건 어차피 불가능하기도 하고요. 그저 내 주변에서 나와 코드가 맞고 대화가 잘 통하는 몇 사람을 소중히 챙기는 일에 집중하려고 해요. 서로의 호흡이 닿는 거리에 있는 소중한 사람들이요.

요즘은
마음 맞는 몇 사람과
보내는 시간이
가장 큰 즐거움을 줘
- 연주 중 -
나와 코드가 맞고
대화가 잘 통하는 몇 사람을
챙기는 일에 집중하려고 해
서로의 호흡이 닿는
거리에 있는 소중한 사람들

215

나를 보여줄 수 있는 친구

취직 후 타지로 나와 혼자 살다 보니, 정작 외로울 땐 이야기 나눌 사람이 없다는 사실에 적잖이 외로워했던 기억이 나요. 사실 우리가 대단한 걸 바라는 게 아니잖아요. 그저 편의점 맥주 한 캔 하면서 오늘 있었던 일 털어놓을 수 있는 동네 친구 하나 있으면 그만인데 말이지요. 조금이라도 공간을 내어주면 내 마음이 상처받을까봐 상당히 높은 벽을 세운 채 살았던 것 같아요. 한참을 그렇게 적당한 선에서 마음을 나누어주다 보니 어느새 마음이 통하는 친구가 하나, 둘 생기기 시작하더라고요. 마음의 벽을 허물고 나를 보여줄 수 있는 친구가 생긴다는 건 정말 즐거운 일이에요. 곁에 두고 오래 사귄 사람은 아니지만, 마치 오래전부터 알고 지낸 것 같은 그런 친구들 말이에요. 앞으로 더욱 소중히 여겨야겠어요. 나에게 주어진 이 인연들을 말이에요.

마음의 벽을 허물고
나를 보여줄 수 있는
친구가 생긴다는 건
정말 즐거운 일이야
곁에 두고 오래 사귄 사람은 아니지만
마치 오래전부터 알고 지낸 것 같은
그런 친구들 말이야
- 연주중 -
나에게 주어진 인연을
앞으로 더욱 소중히 여길 거야

웃으며 받아주는 우리

조금 모자란 듯 행동해도 웃으며 받아주는 사이가 좋아
요. 빈틈을 많이 보여도 함부로 대하지 않는 그런 편안
한 관계요. 말속에 숨겨진 의미를 찾을 필요도 없고, 의
심할 필요도 없고, 잘 보일 필요도 없으니까요. 앞으로
는 이런 인연을 더욱 소중히 하려고 해요. 이런 관계는
노력한다고 얻어지는 게 아니라 나에게 값없이 주어진
거니까요.

조금 모자란 듯 행동해도
웃으며 받아주는 사이가 좋아
빈틈을 많이 보여도
함부로 대하지 않는
그런 편안한 관계
- 연주중 -

이런 관계는
노력한다고 얻어지는 게 아니라
나에게 값없이 주어진 거니까
더 소중히 할 거야

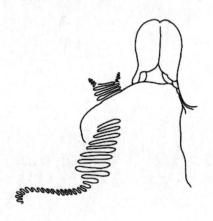

진짜 내 편이 되어주는 사람들에게

화려하게 존재감을 뽐내지 않아도
항상 같은 곳에서
응원과 지지를 보내주는 사람들이 있어요.
진짜 내 편이 되어주는 그런 사람들이요.
정말 힘들었던 시기를 거치고 나니
부탁한 것도 아닌데
가장 먼저 곁에 있어 주려고 해준 사람들이
눈에 띄더라고요.
사는 게 바쁘다는 핑계로
그동안 무심했던 나 자신에게 미안해질 정도로요.
돌아갈 곳이 있다는 것과
나를 믿어주는 사람이 있다는 사실은
설명할 수 없을 정도로 큰 기쁨이 되었습니다.
이제 저도 어디에 최선을 다해야 할지 알 것 같아요.
나를 바라보는 따뜻한 시선을
이제는 외면하지 않으려고 합니다.

좋은 사람 몇 명은 만났어요

어렸을 땐 같은 학년, 같은 학번처럼 테두리로 묶여야만 '친구'로 분류될 수 있었지만, 요즘은 친구라는 단어가 그런 요소만으로 정의되는 것이 아니라는 걸 크게 느끼고 있어요. 나이는 한참 어리지만, 정서적으로 의지하게 되는 사람. 나이가 훨씬 많지만, 나를 가장 솔직하게 만드는 사람. 오랜만에 만났지만, 마치 어제 만난 것 같은 사람. 한 번 주어진 인생에 이런 우정을 경험할 수 있다는 건 축복이 분명합니다. 모든 관계가 내 뜻대로 되지는 않았지만, 그 와중에 좋은 사람 몇 명은 만났어요. 그게 요즘 제 인생의 가장 큰 자랑입니다.

한 번 주어진 인생에
이런 우정을
경험할 수 있다는 건
축복이 분명해
- 연주중 -
모든 관계가
내 뜻대로 되지는 않았지만
그 와중에 좋은 사람 몇 명은 만났어
그게 요즘 내 인생의 가장 큰 자랑이야

EQ

다음에 더 잘하면 돼

오늘 굉장한 경험을 했어요. 예상치도 못한 순간에 엄청 난 위로가 되는 말을 들은 거 있죠. "다음에 잘하면 돼." 진짜 지독하게 평범한 이 말 한마디가 오늘의 나를 일으 켜 세웠어요. 생각해보니, 다음에 더 잘하면 된다는 응 원을 받아본 지가 정말 오래됐더라고요. 목표를 세우고 기간 내에 달성했는지 못했는지, 진행 상황은 어땠는지, 과정이 됐든 결과가 됐든 다들 평가하는 것에만 몰두하 니까요. 줄 세우기에만 바쁜 거죠. 혹시 주변에 결과에 실망했거나 힘들어하는 친구가 있으면 꼭 이렇게 말해 주세요. 다음에 더 잘하면 된다고 말이죠.

다음에 잘하면 돼
진짜 지독하게 평범한
이 말 한마디가
오늘의 나를 일으켜 세웠어
- 연주중 -
혹시 주변에 결과로 인해
실망했거나 힘들어하는 친구가 있다면
다음에 더 잘하면 된다고
말해줄 거야

자신을 사랑한다는 것

주변을 둘러보면 말을 참 예쁘게 하는 사람들이 있어요. 그럴싸하게 말만 예쁘게 하거나 보여주기식 친절함이 아닌, 진짜 몸에 배어있는 품위가 흘러넘치는 사람들이요. 그런 사람들은 하나같이 공통점을 가지고 있더라고요. 바로 '자신을 충분히 사랑하는 것'입니다. 자존감이 흔들리지 않으니, 다른 사람에게도 넉넉함으로 대할 수 있는 것이죠. 이렇게 따뜻함을 담아 펼쳐진 관계는 쉽게 엉키지 않아요. 그래서 저는 그런 사람들과 함께 대화를 나누는 걸 좋아합니다. 무례하지 않고, 배려받는 느낌의 대화 말이죠. 결론적으로 우리는 자기 자신을 먼저 사랑하는 게 중요합니다. 나를 위해서도, 내 주변의 사람들을 위해서도 말이죠.

자존감이
흔들리지 않아야
다른 사람에게도
넉넉함으로 대할 수 있어
- 연주 중 -
자기 자신을
먼저 사랑하는 게
중요한 거야
나를 위해서도
내 주변의 사람들을 위해서도

문장에 온기를 담는 습관

구태여 말 한마디가 천 냥 빚을 갚는다는 속담을 꺼내지 않더라도 모두가 그 사실을 이미 잘 알고 있습니다. 게다가 요즘처럼 텍스트로 자신의 생각을 전달하는 일이 많아진 시대에는 이 속담에 '뉘앙스(nuance)'라는 요소가 추가되어야 한다고 생각해요. 메신저, 이메일, SNS 등 여러 채널을 통해 오고 가는 말이 많아졌지만, 그 맥락에서 사라진 것이 있기 때문이지요. 바로 '화자의 온도'입니다. 같은 말이어도 원수가 되게 하는 문장이 있고, 마음을 녹이는 문장이 있어요. 전달하는 문장에 온기를 담아낼 수 있다면 상황은 전혀 다르게 흘러갈 수 있습니다. 어차피 사람과 사람 사이에 일어나는 일이니까요. 온기를 담아내는 습관, 이것만으로도 열 수 있는 문이 상당히 많아요. 따뜻함을 전달하고, 그 온기를 함께 누릴 수 있었으면 좋겠습니다.

전달하는 문장에
온기를 담아낼 수 있다면
상황은 전혀 다르게
흘러갈 수 있을 거야
- 연주중 -
온기를 담아내는 습관
이것만으로도 열 수 있는 문이
상당히 많으니까
따뜻함을 전달하고
그 온기를 함께 누릴 수 있기를

감사 표현하기 좋은 날

당연하게 여겨왔던 것들이 하나, 둘 사라집니다. 대가 없이 받기만 했던 사랑 같은 것들 말이지요. 고맙다는 말을 전하기도 전에 흔적도 남기지 않고 흩어져요. 늦었다는 걸 깨달으면 그때는 이미 할 수 있는 게 없어요. 우물쭈물하다가 주저앉는 일밖에 할 수가 없는 것이지요. 어쩌면 우리 인생은 당연하게 주어진 것들에 대한 가치를 발견해내는 숙제를 가지고 있는지도 모르겠어요. 미리 하면 좋지만, 미루고 미루다가 닥쳐서 겨우 해내는 그런 숙제 말이에요. 오늘은 그 사람에게, 그분들에게 고맙다고 말해야겠어요. 사랑과 존경을 담아 감사의 표현을 하기에 참 좋은 날입니다.

당연하게 여겨왔던 것들이
하나, 둘 사라져가
대가 없이 받기만 했던
사랑 같은 것들 말이야
고맙다는 말을 전하기도 전에
흔적도 남기지 않고 흩어져
- 연주중 -
오늘은 그들에게
고맙다고 말해야겠어
사랑과 존경을 담아
감사의 표현을 하기에 참 좋은 날이야

당신을 위로하고 싶어요

어쩌면 마지막 책일 수도 있다는 생각 때문에 더 필사적으로 글을 써 내려갔는지도 모르겠어요. 무엇보다 내가 사랑하는 사람들에게 선물할 수 있는 책을 쓰고 싶었고, 시답잖은 위로라도 진심을 담아 전할 수 있다면 이번 기회에 해보고 싶었어요. 사실, 이번 책을 쓰면서 몇 개월 동안 멈춰있던 적이 있었거든요. 어떤 독자분이 보내온 메시지로 인해서 말이지요.

매 순간 최선을 다했다고 생각했는데, 오해만 잔뜩 쌓여 있는 걸 보면서 한 번은 정말 눈물이 났어요. 애초에 자존심을 지키려고 과장된 몸짓을 하거나 주변 사람들에게 해코지한 적도 없는데 말이지요.

- p.174 중에서

"지난 토요일 제 친구가 이 글을 마지막으로 써놓고 세상을 떠났습니다. 그 친구의 힘듦을 몰라 잔소리만 늘어놓았는데 이렇게 그 친구에게 위로가 될 수 있는 글을 써주셔서 감사합니다. 그 친구가 이 글을 읽으며 위로받고, 이 글을 써 내려가며 무거웠을 짐을 내려놓게 되었네요. 앞으로도 많은 사람에게 위로가 될 수 있는 글 잘 부탁드릴게요."

누군가가 제가 쓴 글을 유서로 남기고 세상을 떠났다는 말을 들은 후, 이 무거운 마음을 어떻게 해야 할지 몰라 얼마나 울었는지 몰라요. 세상을 떠난 그분의 마음에 위로가 되고, 짐을 덜어주는 글이었으면 참 좋았을 텐데 혹시나 삶을 포기하게 만든 글이 되었을까 봐, 고민을 더 깊어지게 했을까 봐, 너무 두렵고 걱정이 됐었거든요. 내가 쓴 글이 누군가의 마지막 마음을 담은 유언이 된다는 건, 글의 무게를 느끼게 하는 무서운 일이었습니다.

"아마 친구는 이 글을 읽은 뒤 위로받고 마음의 짐을 내려놓았을 거예요. 자신의 힘듦을 말할 수 없어 이 글을 빌려 쓴 걸 보면 아마도 그럴 거예요. 마지막 가는 친구의 마음에 자리 잡을 수 있는 좋은 글 써주셔서 감사합니다."

머뭇거리고 있던 저에게 보내주신 이 메시지를 받고, 저도 위로가 되어 한참을 추스리다 다시 펜을 잡을 수 있었습니다. 세상을 떠난 그분께 위로를 드렸던 글도 이번 책에 담기로 결정했고요. 글을 쓰면서 많은 일이 있었지만, 그 와중에도 변하지 않는 사실은 제 글을 읽는 당신을 위로하고 싶다는 거예요.

오늘도 그리고 앞으로도.
가장 좋은 문장으로
당신의 마음 한 편에 자리 잡을 수 있기를.

박한평

노래를 듣다가 네 생각이 나서

1판 1쇄 발행 | 2020년 04월 16일

지 은 이 박한평
기획편집 정소연
디 자 인 김태은

발행인 정영욱 | **일러스트** 김민경(@mean_draw) | **교 정** 정영주
도서기획제작 정영주 김태은 정소연 박제희 | **경영지원** 정인아
디자인마케팅 백경희 김혜빈 김혜지 유해인 김지윤 | **영업** 정희목

펴낸곳 (주)부크럼
주 소 서울특별시 구로구 구로동 237 지하이시티 1813호
전 화 070-5138-9971~3 (도서기획제작팀)
이메일 editor@bookrum.co.kr
인스타그램 @bookrum.official
블로그 blog.naver.com/s2mfairy
포스트 post.naver.com/s2mfairy

ⓒ 박한평, 2020
ISBN 979-11-6214-327-8